楊識宏
CHIHUNG YANG

The Images of the Mind: Chihung Yang's Painting

象由心生

楊識宏作品展

展期：2004年9月23日至10月24日
地點：國立歷史博物館四樓展廳

國立歷史博物館
NATIONAL MUSEUM OF HISTORY

目 錄 Contents

館序

　　楊識宏先生自幼喜愛繪畫，一九六八年畢業於國立藝專美術科西畫組，科班出身的他，在文學、攝影、美術設計方面亦頗有成就；早期畫風從寫實主義經後期印象派，逐漸傾向超現實主義及表現主義；一九七九年移居美國後，作品漸傾向新表現主義，但具東方色彩和象徵主義、浪漫主義的性格，一九九〇年畫風開始轉變，以植物、化石、骨骸、貝類為主要圖象的半抽象表現。在長達數十年的創作歷程中，呈現出不同的風貌，作品上的經營也與其他藝術家的習慣有著顯著的不同，而展露出他的特色。

　　識宏先生在青少年時，就有以藝術創作為終身職志的理想，自三十餘歲赴美，在海外居住長達廿多年，其間政治、經濟、社會等形態的諸多變遷，對於一個觀察力及敏感度超越常人從事藝術工作的知識份子而言，著實難以堅持自己的理想；但誠如他自認對自己的選擇始終抱著積極的態度，亦即是一種執著，多年來就是憑著這份執著，勤奮努力創作而不曾中輟。

　　本館為鼓勵藝術創作，提昇國人文化素養，特邀請楊識宏先生於九月廿三日至十月廿四日舉辦「象由心生─楊識宏作品展」，識宏先生在國內國外亦曾舉辦過無數的個展及聯展，這次展出三十幅作品，多為他的新作，其中二〇〇四年的創作佔了半數，如「慢板」四幅、「象由心生」四幅、「加」、「減」、「藍十字」、「內部結構」、「負旋律」、「底部構造」、「幻想曲」、「輪迴」、「氣象」等。從這次展出的作品中可一窺識宏先生創作風格的改變，至於他的思維、他的情感、他的作品內斂氣象，就由觀眾自己來感受了。

國立歷史博物館 代館長

黃永川謹識

Preface

Mr. Chihung Yang discovered his passion for painting when he was young. After graduating from the Fine Art Department of National Taiwan Art Institute in 1968, he gradually gained recognition in the fields of literature, photography and art design. During his early creative stage, he developed Realistic, Post-Impressionistic, Surrealistic and Expressionist styles. After moving to America in 1979, he tended to create Neo-expressionist style work, but Oriental, Symbolic and Romantic elements can also be found in these works. In 1990, he changed his style again. Plants, fossils, skulls and shells become the main icons in his works, and are presented semi-abstractly. In Mr. Yang's long creative career, various styles and special arrangements in his works have come to constitute his personal trademark.

Mr. Yang decided on art as his life-long career in his adolescence.In his more than twenty years overseas, Mr. Yang has experienced many political, economic and social changes. As an observant and sensitive artist, it is very difficult for him to stick to his ideals in such circumstances. However, he is very positive and adheres to his choices, works very hard and never stops creating.

In order to promote creativity and culture, we have especially invited Mr. Yang to hold this exhibition, The Images of the Mind: Chihung Yang's Painting, from Sep.23 rd to Oct. 24th in 2004. Mr. Yang has held many exhibitions in Taiwan and abroad, but all of the works in this exhibition are new, unexhibited items, and more than half of which are completed in 2004, including *Adagio*, *Inner Vision*, *Plus*, *Minus*, *Blue Cross*, *Structure Within*, *Negative Melody*, *Fantasia*, *Reincarnation* and *Climate*, etc. From this exhibition, visitors will not only see Mr. Yang's different styles, but also experience his thoughts and feelings.

Agent Director of National Museum of History

Yungchuan Huang

流光與記憶—楊識宏的生命思索

蕭瓊瑞

　　楊識宏在戰後台灣美術發展史上是一個特殊的案例。

　　從省展出發，卻遠遠拋離省展的風格；一九七九年以後長期居留美國，但台灣畫壇對他的熟悉，似乎他就住在淡水一個老舊的房舍裡；在物象與心象的拔河拉鋸中，他從容悠遊於兩界之間；他沈默寡言，卻又熱情如火，在文字中、在畫面上，渲洩著深邃而孤獨的告白；他的作品充塞著粗獷原始的造型與線條，但偏偏他的畫面，又洋溢著優雅、文明的光輝與色彩。他曾經是台灣經濟高峰期畫廊的寵兒，但嚴肅的藝術創作者與藝評家，又不得不承認他作品中高度的藝術質地與內涵。

　　楊識宏在戰後台灣美術發展史上，的確是一個特殊的案例；但從更寬廣的角度言，楊識宏的重要，是他在戰後台灣美術發展史中，標示著一個大陸來台現代畫家心象思維與台灣本地省籍畫家物象思考的微妙融合與呈現，是台灣時代轉折中的標竿型人物。同時，他的思維與表現，又超越台灣美術發展的脈絡，在國際藝壇上，擁有一個矚目的地位；而歸結他藝術的思維與動力，則是來自生命本身，這樣一個人類古老又常青的課題。

　　一九四七年出生於台灣中壢鄉間的楊識宏，原名楊熾宏。祖父具有繪畫的天賦，常畫些花卉翎毛以自娛。一九四九年，楊識宏隨父母遷居桃園；父親為一公務員，在糧食局米穀檢驗所上班。但不久(1952)，他們又舉家遷回中壢；也在這個時候，楊識宏被送進幼稚園就讀。不過，沒幾個星期，就因適應不良而在家自習。

　　隔年(1953)，楊識宏提早入學，進入中壢新明國校就讀。喜歡繪畫的他，經常在課本及地上塗鴉；同時，他也隨著基督徒的母親到教堂裡作禮拜。在這裡，有關上帝的創造，與人的思考，開始充塞在他年幼的腦海中，也成為日後創作的重要課題。

　　一九五九年，小學畢業，參加台北市初中聯考，分發到台北市五省中聯合分部的省立武陵中學。初一時，初次閱讀到余光中翻譯的《生之慾——梵谷傳》，大受感動，開始心儀畫家浪漫多采的生活，也購買了畫架、畫袋，模仿印象派畫家，經常外出寫生。

　　一九六四年，插班考進台北市建國中學高中部。課餘時間，經常到中央圖書館及美國新聞處借閱美術書籍，見聞日廣；同時，也在牯嶺街舊書攤，接觸到現代文學、心理學，以及存在主義哲學一類的書籍，產生極大興趣。

　　一九六五年，建中畢業。在父親反對而母親沒意見的情形下，進入國立藝專(今國立台灣藝術大學)美術科西畫組就讀。這在當時，對一向以升學為目標的明星高中而言，顯然是個異端。

　　就讀藝專美術科時期，正是諸多日治時期省籍前輩畫家在此任教的高峰期，包括科主任的李梅樹，

及廖繼春、楊三郎、廖德政、洪瑞麟、李澤藩等人。楊識宏在這裡受到相當紮實的油畫學院教育訓練。

但他的藝術思維，顯然已經超越了這些師輩畫家的時代。他大量研讀西洋近代現美術史及名家畫冊，同時也接觸現代電影、文學、古典音樂。畫風從寫實主義，到後期印象派，再逐漸轉為超現實與表現主義，尤其對北歐畫家孟克(Edvard Munch)更為傾倒。

多愁的年少時光，使他學生時期的作品，充滿了高度人道主義的關懷和悲觀哲學的影子。

一九六八年藝專畢業，旋即入伍服役，調派外島馬祖南竿，並任福建省立馬祖中學美術教師。工作餘暇，有了更多的時間大量閱讀及沈思，寫了極多的讀書札記及日記；作品也參展「中國青年現代畫展」。

一九七〇年，退伍返鄉，回到故鄉新明國中擔任美術教師，也開始較為安定的創作生活。

題材上，主要採自馬祖漁村生活的記憶，帶著強烈的人文主義氣息，思考有關「人」存在的種種課題；技法上，則嘗試加入一些新的技法，如轉印、裱貼等等，以增加畫面的質感和表現性。

作品除參展第一屆全國書畫展（1970）外，當年(1970)年底至隔年年初，更在台北市南海路的台灣藝術館舉行首次個展。

印在當時畫展邀請卡上的〔人生〕一作，也就是入選第廿五屆全省美展的作品；可以看出以一種符號性的線條，表達了畫家對「人的存在」這個主題的種種思考。

這個曾經在年幼時期隨著母親前往教堂禮拜即已引動的課題，第一次較完整地以創作的型式，呈現在觀眾的面前。

在稍後的一則自述中，楊識宏陳述了首次個展的一些創作思維，他說：

「……繪畫一直是我探索問題的工具，我藉之尋求自我，尋求解脫也尋求苦惱，尋求愛也尋求恨，尋求生命也尋求死亡，尋求充實也尋求空虛………。在我的尋求過程裡，我的作品便成為我自己內在的對話與反省；心靈的日記或筆記，它們一貫的主題都是執著於人間的意義和本質的探求。所以尋求『人存在的本質與意義』的慾求便成為我畫畫的動力。

要探討『人』這個存在，『自我』應該是一個最好的個案，而經由繪畫來肯定自己，可能最為明晰。人的『個體性』逐漸被忽視是科技昌明後的必然結果，個人被『群體化』了，人因此而不復認識自己。我曾經一連串地向自己的內在探討，畫了許多類似心理分析的自畫像，在自我分析後，我重新發現自己，原來『自我』是醜陋的、偽善的、充滿私慾、佔有慾、自虐狂、被虐待狂、自我崇拜狂……。於是我把『自我』像煉獄般擲入創作的苦悶裡去煎熬，以『受苦』的意念去畫畫，然後藉畫畫使自己從內裡的衝突裡尋求解脫。我也從宗教、哲學、音樂、文學中尋求甘露。這時期的畫，紛雜、沉晦、憂鬱，極為強調主題意識，非常人間性的又是形而上的。我那時的觀點認為繪畫是解釋人生的，甚至是能給人生的苦痛帶來安慰的，帶著很濃的人道思想。因為我從小即受基督教思想的薰陶，從孩提時代起我就對『人』的問題發生濃厚的興趣，宗教的信仰使我對人的一生從那裡？是什麼？往何處去？這個命題有一種異常的關切。因此繪畫變成我尋求這問題的手段，當然答案仍然是問號。」[1]

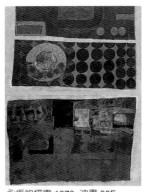

永恆的探索 1970 油畫 50F

同樣是印在畫卡上的另一幅〔永恆的探索〕，則是在一些頗具肌理的塊狀色面中，暗含了許多人的臉部，甚至電話機的撥碼盤等等具體形象，帶著一份悲劇性的氣氛。

這個時期的楊識宏，思維是悲觀的，行動卻是積極的。首次個展的同一年，他結了婚，有了安定獨立的家庭生活，訂閱了大量的外國美術雜誌，也積極參與各種可能的聯展；包括一般台籍畫家視為最重要美術競技場的全省美展與台陽美展。楊識宏在一九七一年以〔人生〕入選省展後；一九七二年；再以〔有船的風景〕二度入選；一九七三年，就以〔母子〕奪得西畫組第三名，一九七四年又以〔合奏〕獲得優選。之後，他轉為版畫研究，一九七六年，以〔無法連接的空間〕獲得版畫組第一名。

在這個參展與得獎的歷程中，我們得以窺見楊識宏藝術思維與技巧的逐漸變遷。兩件獲得前三名大獎的作品：〔母子〕與〔無法連接的空間〕，目前均收藏於國立台灣美術館。前者以一種物象分割與色面組合的手法，描繪一位坐在桌邊窗前、抱著小孩的母親，桌上有花、有水果，窗前有鳥籠，背景則是由一些陽光燦爛的色彩組構而成。這種手法，顯然是歷經現代繪畫運動之後，全省美展西畫組最常見的主流風格[2]。在幾次參展的經驗後，楊識宏似乎有意稍稍壓抑他那原本傾向沈鬱、灰暗的「人」的思考，而代之以一種較具歌頌的陽光風格，果然贏得了第三名的大獎。

人生 1970 油畫 50F

事實上，省籍出身的楊識宏，在這個投身藝壇的初始階段，省展在他當時的藝術認知中，還是相當重要的殿堂。在不斷參展的過程中，他也在一九七二年，和同是省展重要參展與得獎成員的潘朝森，在台北美國新聞處舉行過聯展。

潘朝森年長楊識宏十歲，不過對生命的思索與表現，應是他們作品聯結在一起展出的一個主要原因。

當時極力支持現代繪畫運動的藝評家顧獻樑，曾以「『空即是色；色即是空』之謎」為題，為他們的畫展作序。這個時期的楊氏作品，是以一種似人非人的形體，和一些大面積的色面並置，在空與有、色與形的組構中，意圖呈顯人類生存的困境與掙扎。事實上，這樣的風格，與他當時開始接觸到英國畫家培根‧法蘭西斯(Francis Bacon)的作品，有著一定的關聯。那種禁梏在空間中扭曲、掙扎的靈魂與肉身，在楊識宏的筆下，形成一種東方式的形象思維。

隔年(1973)，他就是以這樣的作品，在台北省立博物館舉行第二次個展。由於反應頗為熱烈，接著

1：楊識宏〈我的心路歷程〉，《雄獅美術》24期，頁93-94，1973.2，台北。
2：參蕭瓊瑞〈現代繪畫運動期間的「省展」風格〉，原刊《台灣美術》5卷3-4期，1993.1-4，台中：台灣省立美術館；收入氏著《觀看與思維—台灣美術史研究論集》，1995.9，台中：台灣省立美術館。

又轉往國父紀念館展出。

在當時的創作自述中，楊識宏寫道：

「首次個展後，我重新整理自己，我發現繪畫不必要作哲學或宗教的代言人，而且畫家也不可能是社會改革家。當然繪畫可以有哲學思想，也可以反映社會，甚至批評社會，然而繪畫有其本身的獨特領域，這是應該被發揚出來的。繪畫的本質、特性及其可能性，似乎更值得畫家去注意去發現。於是我尋求的方向開始轉向這方面，這也許可以簡單地歸結為『形式』的問題。

繪畫在藝術的範疇裡無疑是視覺藝術的重要環節，視覺藝術的要素是造型與色彩，而繪畫的素材與造型色彩等又構成其獨特的藝術形式，在這個領域裡有許多別的藝術所無法傳達的東西，而且到了現代，繪畫甚至有許多是為形式而形式，為觀念而觀念了。這已涉及美學的價值觀。但表現形式的開拓在現代藝術來說，其價值和重要性是毋庸置疑的。」[3]

明顯地，楊識宏在藝術追求的路徑上，從人的關懷出發，執著「人間性」的探討。之前的作品，強調主題或內容的直接呈顯與論述，這個時期的作品，則轉為「形式」問題的關懷，也就是畫面形式的創造與構成。

在追求自我風格，也就是獨特的畫面形式創造之同時，楊識宏事實上始終未曾放棄對人的思索與關懷；只不過這個時期的楊識宏，心境似乎有了另一層的進境。他說：

「……對於『人』的看法，我也突然淡泊起來，覺得人世間一切都是空的，誠如聖經上所說：『虛空的虛空，凡事都是虛空；日光之下的事都是捕風捉影。』在東方，老莊哲學和禪宗思想的無為與無言也加深我對人間的這種看法。於是『虛無』便成為我耽迷表現的意象。我就像頓悟了真理似的，突然改變了許多繪畫上的表現形式。」[4]

由於對人間性的執著，歐洲的表現主義、超現實主義，都提供了他一些創作的啟示；而基於對形式創造的探索，舉凡抽象繪畫、普普藝術、硬邊或色面繪畫等等畫派主張，也都可以在此時期的作品中，發現痕跡。同時，加上對電影、攝影，甚至漫畫的喜愛，他的作品中，也經常透露出一種空間移動與情節推演的特質。楊氏的個人風格，首次較具體的呈現。

從這些討論，重新回看參展二十七屆省展獲獎的〔母子〕一作，似乎年輕的楊識宏在尋求社會肯定的過程中，對當時省展的主流風格，也就是講求形色分割重組的「類立體派」作風，有著一些無奈的妥協。而這種妥協與落差，事實上也正宣告楊氏必將與此系統分道揚鑣的最終命運。

一九七四年，幾乎年年個展的楊識宏，又在台北美國新聞處舉行個展；同時也辭去教職，遷居台北永和，任職廣告公司。

一九七五年，他首次接觸到絹印版畫，作品也入選了邁阿密國際版畫雙年展。

3：同1，頁94。
4：同1，頁95。

11

無法連接的空間 1975 絹印

隔年(1976)，他有了一次海外之旅，赴日本、美國等地旅行。尤其在紐約停留了三個月，第一次真正接觸到西洋美術原作，也飽覽各個美術館與畫廊。同時，又進入普拉特版畫中心研習石版畫、銅版畫的製作；也正是以這樣的作品，獲得當年省展版畫組第一名的榮譽。

〔無法連接的空間〕，已然放棄此前較具說明性與表現性的手法，而用一種普普式的生活符號，來進行畫面空間的探討，現代機械文明與複製時代特有的印刷技術，都在這裡有了一些觸及與反映。

紐約之行，楊識宏見到了許多定居此地的台灣朋友，心中也下了前往紐約定居創作的決心。此後回台的幾年間，幾乎就是在為赴美定居作準備。

這段期間，他兼了許多工作，也在藝專兼任講師；且更花費許多心力，在攝影的探索上。在一次接受作家心岱的訪談中，楊識宏清楚地表達了自己對攝影的看法，以及攝影在個人藝術創作上的意義。他說：

「大約十年前，攝影還不算是一門很嚴肅的藝術，可是十年後的今天，在美國，攝影的地位愈來愈重要，也被公開認可，各美術館、博物館都收藏有攝影作品；攝影變成了一種藝術的表現媒介，尤其是觀念藝術家，他們沒法向觀眾展示他們龐大的作品，只有提出照片來展覽了。因此，不可否認的，攝影便以不可阻止的姿態，被規入了藝術的範疇。我之所以熱中，也是因為發現攝影具有極大的表現性與可能性。

我畫了十多年的繪畫，在五年前開始拍照，很多人不以為然，但我想這兩種媒體只有相輔相成，而沒有什麼壞的影響，兩種表現方式在我心中是一樣的重要，只是選擇時要採取最適合、最有力的形式。比方說，現在有一車禍，那瞬間的動作發生，用繪畫表現一樣可以，但我想如果用電影或攝影，把那瞬間凝結起來，所造成的視覺震撼力會比繪畫更大。繪畫要做成這種效果，除非拷貝攝影，但這樣已失去了繪畫本身的本質。繪畫講求平面性、繪畫性、造型、色彩，但攝影有很厲害的一點，往往我們的肉眼看到的和它看到的不一樣。比如說現在我只看見面前的電視機，但若用機器拍下它，卻發現還有地板的紋路、牆壁的灰塵、油漆的剝落等都被拍下來了。因為經過光學、物理學，還有顯影時的化學過程，所以把這些真實、細微的呈現變得很尖銳。」[5]

也正基於這種認識，楊識宏在這個時期，形成了他「複製時代美學」的一套創作理念。這套理念的形成，自與他對攝影的認識、旅美的經驗，和從事的廣告設計、印刷出版等工作，以及對電影的熱愛，均具一定的關聯。

這些想法，最後歸結成他一九七九年離台前的最後一次個展。此次個展在台北阿波羅畫廊舉行。他

5：心岱〈畫家的底片──楊識宏特寫〉，原刊《幼獅文藝》，收入心岱《一把風采──當代藝術家訪問錄》，頁131-143。

在〈複製的美學和我的創作〉一文中，自我剖析說：

「……通常藝術家的情報來源可分為兩類，一類是從傳統文化，另一類是直接從生活環境裡。傳統文化深厚悠久的，是一大本錢也是一大包袱，對我來說，我所領受到真正中國古老文化的養份相當稀薄，我自知缺乏這個基礎，所以我創作的泉源就只有從『生活』裡去汲取了。我關心的是我所生活的這個時空坐標上的現實。事實上過去的藝術家他們所映現的真實也是當時的『生活』。藝術創作雖然有時帶領當時的生活思潮，但畢竟還是生活的一種反映吧！

我基本上是一個屬於都市文明的藝術家，因為我對『人』深感興趣。都市是人口麇集的地方，各式各樣的人和他們所形成的生活型態構成都市的環境。自古以來，人類大部份的文化都是在都市形成的，如果說現代文化就是都市文化也不為過。我喜歡以都市文化作為我的創作內容，而採取的姿態則是淡然的、靜觀的。我不熱情地對都市生活加以襃揚、貶抑，或是歌頌與嘲諷。我把它看作是一種『現象』，我像是一面冰冷的鏡子，只反映出那個現象。」[6]

楊識宏就是以這樣一種敏銳關懷，卻又冷靜處理的手法，觀照這個被他視為複製時代的台灣社會。這個時期的創作手法，頗為多元，從版畫、攝影，到油畫都有，但阿波羅的展覽，則以油畫為主要；他擷取一些既平板、單調，又帶著流動感與不確定性的各種社會形象，來表達這個時代，人們眼光所及的造型美感，也捕捉當代社會，人心的某種不安、虛華與苦悶。〔坐著的女人〕(1977)、〔複製的過去〕(1977)、〔複印的植物〕(1977)、〔複印的女人〕(1978)、〔女人的背影〕(1979)、〔複製的哲學〕(1979)………，都是這個時期的代表作品。

複印的女人 1977
油畫 80×55cm

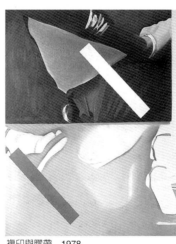

複印與膠帶　1978
油畫　90×65cm

複製的過去 1977 油畫 50F

6：楊識宏〈複製的美學和我的創作〉，原寫於一九七九年個展前，重刊於《大趨勢》5期，頁38，2002.7，台北。

一九七九年的楊識宏，就是以這樣的面貌，帶著妻小前進紐約，告別了這塊自小生長的土地；自信、奮進中，也帶著一種喧嘩中淡淡的孤寂心情。朋友們在北投為他設宴餞行。

　　初到紐約的楊識宏，卜居皇后區的傑克森高地(Jackson Heights)，兩廳三房的空間，使他擁有一個小小的工作室。由於空間的限制，他開始一些「紙上作品」的創作。

　　一年後，為了居留的身份與生活的問題，楊識宏兼職了一些夜間上班的美編、印刷工作，白天仍維持著逛畫廊的習慣，隨時留意新資訊的發展。

　　八〇年代初期的紐約畫廊，已經開始揮別此前極限藝術、觀念藝術，甚至照相寫實主義的高峰期，畫壇重新回到一種講究「繪畫」的風尚。似乎這是一種世界性的風尚，從德國的新表現、義大利的超前衛、法國的自由具象，乃至美國紐約的新意象，「繪畫」逐漸成為一種「後現代」時代的新風潮。楊識宏適逢其盛，顯然他的藝術，在這個風潮中，無需捨棄、或重新開始，而是只待開展、呈顯強度。

　　為了更專注於藝術的創作，他很快地辭去兼職，又在紐約十七街附近租賃一間百餘坪的畫室，勤奮工作。

　　一九八一年年中，知名的聯合報藝文記者陳長華前往紐約畫室，探訪這位曾經在台北畫壇活躍一時的年輕畫家。走過黑暗、狹窄的木梯，來到三樓的畫室，她形容說：這百餘坪的空間，和自囚的「牢房」沒有兩樣；簡陋而老舊的家具，和一批批有待完成的畫作。一個星期七天，楊識宏有五天時間待在這裡，周末才回到郊外家裡，和妻兒相聚。[7]

　　這個曾經自稱是「屬於都市文明的藝術家」，表面上是離開台北這個都市，前往另一個更大的都市——紐約；實際上，以一個東方畫家的身份，在那樣一個屬於西方社會的環境裡，一開始是很難找到切入、參與的管道。反而是那個原本被他自認「相當稀薄」的「中國古老文化」，開始在他孤獨而長期的創作思考中，逐漸呈現。經歷一九八〇至八二年的一段摸索、過渡期後，到了一九八三年前後，風格開始趨於明顯。

有門的風景 1981 炭筆、丙烯／畫布 152×198公分

　　〔有門的風景〕(1983)，是這個時期常被提及的一件代表作品。那些在社會浮光中流動的人影已然不見，取代的是一種猶如中國古代版畫，或剔刻金彩山水屏風中常見的圖形與線條，和一種接近低限的色面並置，中間擺置著一座凱旋門的造型，旁邊則還有一個幾何樣式的階梯。

　　這個始終以「人」為思考軸心的畫家，來到西方這樣一個社會中，似乎發現：人並非一種天下皆同的生物，以往從文字上讀到有關藝術、哲學、心理學的種種理論或分析，也只不過

7：陳長華〈楊識宏的畫室〉，《聯合報》1981.7.19；重刊於前揭《大趨勢》5期，頁42。

是西方思維下的一些片面而已；文化的異同，似乎更是人之爲人，眞正深層而核心的問題。什麼是美？什麼是醜？何者爲是？何者爲非？顯然也都因文化的不同，而有不同的思考與面對。

　　從學生時期，由「自我」開始的生命思考，在台北時期，進入了「社會」的層面。如今，則再擴大爲更深層的「文化」思維之上。

　　這段時期，楊識宏已經在紐約經歷了他初期較爲艱苦的適應期；一度(1981)他的居留申請證件，還被移民局遺失，險遭遞解出境的命運。但堅定的毅力，仍使他在惡劣的環境和心情下，完成了一九八二年在蘇荷區蘇珊考德威爾畫廊，及蘇荷視覺藝術中心的連續展出，並獲得紐約《每日新聞》的採訪報導；也因爲這些展出，吸引一些收藏家注意到他的作品，並開始了收藏的行動。

　　一九八三年，他將畫室遷往揣貝卡區(Tribeca)的赫德遜街，與早先旅此的行動藝術家謝德慶分租一個空間。同時，作品也獲藝評家推薦，參展知名的57街西葛現代畫廊(Siegel Contemporary)的聯展，博得好評。翌年(1984)，便成爲該畫廊的專屬畫家；並在紐約市立亞洲藝術中心舉行紐約的首次正式個展，由州政府補助出版的畫集，也獲得著名評論家姚約翰(John Yau)的作序。

　　一連串的努力與初步的成功，也使楊識宏獲得美國「國家工作室計劃」獎助，提供位於「鐘塔」(Clocktower)的工作室兩年的使用權。同年，他也順利取得美國永久居留權。

　　一九八四年年中，離開台北五年的楊識宏，終於帶著初步的成功和畫作，回到台北新象藝術中心舉行個展。這批新作，除了類如前提那些帶著中國傳統版畫山水圖形的構成外，另外，又加入了更多化石、骨骼、女人、植物、貝殼、偶像……等等的圖像。可以看出這個時期的楊識宏，對文化的關懷，也已由較大而空泛的所謂中西對照，進入了許多難以分類的考古及原住民文化範疇，其中台灣的原住民圖像，如排灣的百步蛇陶壺，和台大人類研究室日本人收集的大型木雕女祖先像，也都進入了畫面。另外，一個被斧頭嵌入的樹頭圖形，也重覆出現；那或許是一迫害的印記，包括人對人、人對自然的種種強暴。〔謎樣的風景〕(1983)、〔有羊頭的山水風景〕(1983)、〔火鶴的狂想〕(1983)、〔感官世界〕

有羊頭的山水　1983　炭筆、丙烯／畫布　170.1×220.9公分
（台北市立美術館收藏）

謎樣的風景　1982　炭筆、丙烯／畫布　152×198公分（紐約私人收藏）

感官世界 1983 炭筆、丙烯／畫布 170.1×220.9公分
（台灣私人收藏）

(1983)、〔緩慢的攻擊〕(1984)、〔犧牲〕(1984)……，都是這個時期的代表力作。而在這些充滿圖形暗喻與並置多義、被稱作「新表現主義」的作品後面，楊識宏終極的關懷，仍是圍繞著「人」的主題思考。在台北接受記者訪問時，他說：

「過去是為藝術而藝術，現在是為人生而藝術，新表現主義等於再次重視人性，以及有關問題，所以即使畫面非常醜怪，但傳達的訊息與現代人息息相關，自然也就受到重視。」[8]

顯然相較於五年前那個強調複製美學的楊識宏，五年的旅美歷程，已經讓他更為深沈與開闊。他對人生的觀察，也不再計較感官表面的美醜，或個人一時一地的遭遇感受，而進入一種人類整體文化的命運與走向。或許也可以用較為簡單的說法：這個時期的楊識宏，已經完全脫離台北時期那個受設計、攝影影響的畫面思維，而在畫面上呈現了強烈而純粹的「繪畫性」與「表現性」。尤其值得注意的一點，是楊識宏在畫面經營中，藉由色相強烈的對比，比如黃與黑、紅與白……等，營造出一種黝暗中神秘的光彩，既強烈又含蓄、引人入勝。這個特質也成為日後作品重要的風格標地，甚至成為作品的精神核心，充滿著東方浪漫、神秘的輝光。

一九八五年，楊識宏又在露絲葛畫廊舉行紐約的第二次個展。獲得《藝術論壇》(Art Forum)的好評，隨即應邀至麻州大學畫廊個展。

一九八六年，經濟稍為穩定的楊識宏，將住家和畫室由皇后區搬到蘇荷的布龍街(Broome Streer)。同時，也有能力前往中國大陸西北地區旅行，遊歷了烏魯木齊、吐魯番、敦煌、喀什、西安、蘭州、北京等地；之後，又參觀了大英博物館。這趟古文明之旅，豐富了他原本一直自覺薄弱的文化傳統認識，自然也反映在他此後創作的語彙及思維上。

一九八七年，他再度受邀回台，在高雄社教館盛大展出，由當時的高雄市長蘇南成剪綵；他的作品受到甫剛解嚴且經濟快速成長的高雄少壯收藏家的青睞。很可能就是透過高雄這些收藏家的介紹與安排，他的作品前往中美洲哥斯達黎加國家美術館畫廊展出；他也因此遊歷了中美洲熱帶原始森林的奇觀。自然界旺盛的生命力，帶給他極大的震撼，也將他的創作，快速地推向一個成熟的高峰。

一九八八年，一直服務於糧食局米穀檢驗所的父親，因糖尿病過世。一九八九年，紐約州州長頒給楊識宏傑出亞裔藝術家榮譽獎項。他長期為台灣《藝術家》雜誌撰寫介紹紐約各種美術新潮的文章，也在一九八七年集結成書，以《現代美術新潮》為名出版。

隨著八〇年代的結束，楊識宏也在掌聲中結束他這個帶著流淚撒種與歡樂收割的創作階段。

8：徐開塵〈楊識宏帶回繪畫新潮，再度重視人生，擺脫「美」的局囿〉，《聯合報》1984.7.29。

一九九〇年，楊識宏的畫風有了明顯的改變，原本帶著悲愴、粗獷的畫面，逐漸轉爲一種舒緩與優雅；原本帶著較多對死亡的思考，逐漸轉爲對生命的歌頌。一些帶著遠古記憶的化石、骨骼、標本，也逐漸讓位給一些充滿著生命活力的植物。那種隻身闖蕩、積極奮進的情緒，也已然淡化爲一種舒淡、緩慢、綿密、成熟的中年心境。

　　一九八〇年，楊識宏剛至美國的第二年，在皇后區北邊的住家，有一個小小的院子，種了一些花草。有一天下午，楊識宏無意間在客廳裡發現了一包從台灣帶來的種子，擱置了兩年，彷彿是一個已被遺忘、沒有生命的東西。楊識宏好奇地把它們拿到院子的一個牆邊角落，撒下種來，澆了一些水。過了三、四天，種子居然發芽，冒出嫩綠可愛的幼苗。一顆顆來自故鄉台灣的種子，飄洋萬里之後，在異國的土地上，生長成一株株幼苗。楊識宏深被這種現象所感動，也大受激勵；他在多年後寫道：

　　「……生命是一種神秘與超越，它跨越了浩瀚無垠的時間與空間，而且歷久彌新。自然界所隱伏的生命力量是那麼巨測奧妙，儘管蟄伏了幾百個晝夜，如果是一粒種子，它就能吐露新生。

　　這種體驗使我領悟到藝術創作之可貴，每一幅作品，若是精誠所至，就像一粒種子，雖然是靜默的，但卻擁有它自己的生命。它也是一個『親密的宇宙』(Intimate Universe)，從這裡你可以進入一個藝術家內心的世界裡。

　　自然界裡，人及一切其他的動物，生命都是相當短暫的，一百年已是古稀，但是植物卻能傲然挺立兩、三百年，甚至更久。『百年的孤寂』在樹木的生命裡是不算什麼的，越是飽經風霜，它越長得偉岸崢嶸；堅忍不拔不就是大樹蒼勁神奇的象徵嗎？」[9]

　　這樣的體悟，成爲楊識宏在美國紐約畫壇奮鬥不懈最重要的精神動力；植物的影子，也始終在作品中不經意的角落出現，代表一種堅毅、一種生長、一種不屈的生命，然而卻還沒能成爲畫面的眞正主角。

　　一九八七年，哥斯達黎加熱帶原始森林之旅，楊識宏再度震撼於植物的偉大生命力，而且不再是一株小小嫩芽的掙長，而是整片巨大林木的掩蓋；時間是千年百年，範圍是一望無盡、深不見底。

　　這樣的震撼，經過兩三年的沈殿、轉化，作品在一九九〇年之後，完全進入植物美學的時代。這個新風格，也爲他帶來了更大的肯定和讚揚，這是楊氏創作生涯的一次高峰。

　　畫面不再是圖像的排索與並置，而是一種氣韻的流動與掙長；空間的安排不再是超現實的錯置與顛覆，而是東方式如中國山水畫般的虛實掩映與生成。植物不再是被剪枝安置的「靜物」(Still Life)，而是生長在似雲泥般空間中的一股強勁生命。

　　楊識宏說：

　　「植物的生長是神奇的，它有一種隱伏的力量，執著而堅定。但形諸於外時是那麼新鮮而自然。有

9：楊識宏〈植物的美學自序〉，《楊識宏畫集》，頁2，1992.10，台北：時代畫廊；重刊於前揭《大趨勢》5期，頁48。

時在一夜之間，它突然抽長了許多莖葉，肉眼立刻可以察覺甚至度量，而且總帶著一種生長的欣悅，不像動物的生長，往往其過程是陣痛而緩慢的。植物生命力之頑強，也是出乎我們預料的，它總是外表靜默而內裡強韌。它可以突破岩石之堅硬，也能在風搖日曝之下仍然挺然而立。但有時植物的生命也很脆弱與短暫。每每在它最淒美懾人時，也就是它即將凋謝頹壞的時候。它是自然的一首讚美詩也是輓歌。它使我體悟生命情調的深層意義與真實。

以前我作畫很著意於視覺的強度上，一張畫時常畫得很緊、很滿、很濃、很烈，現年事漸長，許多畫面的力度已轉潛到裡層，像植物一樣，靜默但強韌能耐。自然界柔弱的東西往往是最強的，像柔風細水，可以風化滴穿堅固如磐石者；而纖弱的一粒種子或鬚根卻可以茁壯成一棵巨樹。老子道德經裡就說：『弱者道之用……』，強弱兩者原是辯證的一體之兩面。

我過去的繪畫表內容，喜歡直接以人本身作為焦點，像是一種微觀的探討、剖析；現在則是間接對人這個存在的根本宏觀的俯瞰歸納。自然歷史是一部鉅著，有無盡的奧秘等著我們去發現，而繪畫就相等於自然，兩者有微妙的關係，值得加以深層鑽研。」(10)

楊識宏九○年代的作品，高度發揮了東方虛柔為美的哲學底蘊，在畫面中呈顯一種至大無邊、細觀至微的特色；一片神秘的輝光，猶如汪洋深海中盪漾的瀲影，也如天際氤氳的雲霞，給人無限的想像與提昇。

知名台灣藝術學者王哲雄，以詩的語言稱誦說：
「紅色的苞、帶有鋸齒的橡木葉，好比有聖光環圍的橡樹果，神秘莫測地浮昇在畫幅的上方，而混沌的世界英雄式悲愴的心緒在畫幅的下方激盪著，近乎原始生命的悸動，不停地、持續地擴散彌漫整個畫幅，甚至越過上端往畫外伸張。」(11)

美國藝評家巴瑞‧史瓦斯基則以一幅作品為例，也分析說：
「一九九三年的一幅畫，基本上格調高雅的靜物，中央一莖狀的直線將視線拉起，那種奇異的動感令人想起葉子在大氣的流動中的靜止，教我第一眼看到時，不得不想起耶穌在十字架上的受難圖。這不只是它基本上的十字構圖或甚至骷髏形狀——從楊識宏先前作品更為具象的動物頭骨，我甚且會猜是在影射傳統十字架受難圖上通常出現在十字架底下的頭——而且更廣泛地說，更因為在這樣安撫情緒和形象裡竟蘊含那種意想不到的深沉肅穆，甚至悽愴，那種界於畫之上下兩部分間無以名之，卻極其重要的交流。」(12)

顯然那幼年時期隨著虔誠的母親前往教堂作禮拜的記憶，以及對上帝、生命的信仰與思考，在這裡都化為一種深沉如宗教般的隱喻與象徵。而在這些植物、或花、或葉、或莖、或果的不斷描繪中，那長年服務於糧食局穀物檢驗所的父親和他的職業，也似乎是流光中永不消褪的一種記憶。

10：楊識宏〈寂靜的吶喊〉，《楊識宏畫集》，頁3，1991.10，台北：時代畫廊。
11：王哲雄〈吟詠生命榮枯的詩人畫家楊識宏〉，《楊識宏》，頁5，1993.11，台北：時代畫廊。
12：巴瑞‧史瓦斯基，余珊珊譯〈非道之道〉，前揭《大趨勢》5期，頁49。

隨著藝術創作的趨於成熟，西方藝評家給予的肯定越來越多；台灣的邀請和收藏，更使他成為畫壇熟悉的畫家。一九九一年，台北市立美術館收藏他〔有羊頭的山水〕和〔渲染的心情〕；一九九二年，台中的台灣省立美術館(今國立台灣美術館)也收藏他的〔自然循環的神話〕、〔崩〕，與〔火鶴的狂想〕等作品；一九九七年，高雄市立美術館則收藏他〔季節雨〕、〔花神殿〕。而台北時代畫廊、高雄山美術館，也陸續多次為他舉辦展覽、出版大型畫冊，更收藏、推廣他的作品。同時，日本、中國大陸也陸續邀請展覽及演講。

生活條件大為改善之後的楊識宏，將畫室遷移至紐約上州的德徹斯郡，在這裡，鄉居田園的生活，使他更接近於大自然。

花神殿 1994-95 丙烯／畫布
198.5×152.5公分

不過就在這生命的高峰，一九九七年的一次重大車禍，讓全家人都在死亡邊緣走了一圈，也對楊識宏的創作產生了重大的影響；加上二〇〇一年，親身經歷九一一國際恐怖事件的衝擊，楊識宏對生命的思考，似乎在登上光華顛峰的同時，也開始回顧俯望那山腳下死亡的山谷。

二〇〇四年的楊識宏，即將在台北國立歷史博物館展出他「象由心生」的一批新作，這是繼一九九九年以來，對「有機的抽象表現」的再一次探索。畫面已然不再有任何物象的暗示與象徵，純粹的線條游走，楊識宏再一次由物象走入心象，試圖探求那隱密於內在世界的精神性。

今天的楊識宏，猶如一個站在頂峰的成功登山者，回望那起始的山腳步痕，也仰望另一座更為高聳的山峰；這種超越顛峰、重新出發的挑戰，決不小於那由山腳剛出發時的冒險心情。然而，不正是能夠重新出發、再造顛峰的人，才稱得上生命的勇者？

這是所有熟悉及喜愛楊識宏作品的朋友們，也是認識與不認識他本人的朋友們，共同矚目關心的焦點。（作者任職國立成功大學歷史系所）

在藝術與自然交界處的一種內心視景
一解讀楊識宏的繪畫新作

石瑞仁

　　楊識宏的繪畫新作，近將於國立歷史博物館展出。從預定展出的作品看來，他除了延伸過去半抽象的畫風，儼然也開現了一條純然抽象的畫路。也許有人會據此而揣測，此刻的他正邁入一個藝業發展的交接轉型期了。然而，這樣的看法可能假設了，半抽象的下一步，不是「退返」到具象的世界，就是「進階」到一種絕對抽象的境界。對此，我們應該認清的是，在二十世紀後期，因不滿於極簡藝術的四處氾濫及其冷酷的表面價值觀，共認「繪畫應該用力傳達更多訊息內涵」的新意象、新表現、新抽象等繪畫流派旋即同步出籠；自此以後，畫家對於抽象、具象、符號乃至於實物的運用，已傾向自由自在而不再有任何分野的偏見或禁忌了。楊識宏長期居住在紐約，對當代繪畫的發展一向了然於胸，本身也早就投入了新抽象繪畫的行列，因此，他在創作上所做的各種新嘗試，應是思想觀念與行動的一種積極擴張，而不必然有一種自我淘汰或替代的念頭在裡頭作祟。

　　賞讀楊識宏近作中呈半抽象姿態的幾張畫，不禁想起了曾在哪兒讀過這樣的一段話語：「自然是上帝的藝術、藝術是人類的自然」。因為，從這些畫作中依稀可以看出，上帝的自然與藝術的自然，以一種幽微的、有意無意的方式相互連結和競作；而藝術的自然，是比較站在上風位置的。

　　上帝的自然，是風雷雨電的走唱，是山川草木的對話，是虫魚鳥獸的競演，是偉大與平凡的並陳，是優雅與殘酷的對應，是生生死死死的情節，和創造與毀滅的劇目。藝術的自然，是心靈眼手的互動合作，是視覺語言的思維，是美感形式的探索，是思想與情感的遇合，是現實與夢境的共振，是美與醜的爭執辯證，是反覆發現自我，和重新定義藝術的戲碼。楊識宏的半抽象畫，與其說成就了一種藝術與自然合體的繪畫，不如說在藝術與自然之間，締造了一種擦邊的、過渡的、互補的狀態。就我的觀察，它們並不是單向的把自然形象抽離或簡化，不是強迫自然服從於藝術的一種結果；相反的，它們更像是從藝術基地出發的一種精神遊蕩，偶而確實溜到了自然的門口，但這並非預謀在先，而多少是因為潛意識的力量運作而促成的。要之，他的半抽象畫，不適合以客觀簡體版的「自然藝術」來加以看待，而應視為從主體的內心深處吐露出來的一種「藝術自然」。

　　我覺得，楊識宏畫中的藝術自然，很接近Henry Ward Beecher提過的一種呈現方式：「藝術家把畫筆浸泡在自我靈魂的汁液中，然後把自己的本性老實地畫進作品裡頭去了」。但是，我也想指出，這位藝術家的靈魂，固然有一種無拘自在的本質，和一個明心見性的意圖，卻不盡然是了無牽掛的。舉例說明，在他的畫中，經常出現一些簡筆型的圖象和符號化的線索，如枯枝、藤蔓、種子、花朵、新芽、殘葉、十字架等等，雖然只作了點到為止的造型處理，而好像在維護一個形式至上的真理，但在我看來，

這些也都是具有雙重意義指涉，但本身陷於某種退/隱狀態的一些視覺元素。它們一方面反映了，在抽象導向的語言思維與形式探索中，畫家對自然的情懷與幽思，對生命內涵的解讀與想像，正是來回鋪陳於其繪畫底層的一個內容網路；另一方面，特別是從這些作品的形式語言和美學基調來看，它們也在在披露了，畫家的內心或潛意識底，對自身所從出的東方文化與藝術傳統，不時有一種藕斷絲連的回顧，和情眞意切的參照。

提到藝術中的自然，我們可回頭從中國傳統的繪畫看出，任職歷代畫院的專業畫家們，大多傾向於在作品中呈現一種生機四處、意象完滿的世界；反之，視繪畫爲公餘墨戲的文人們，在觀想與書寫自然的時候，倒是對一些蕭索、頹敗、衰落乃於死亡的自然現象，特別有所感覺和體悟，並因此發展出了描寫殘山剩水、孤鳥獨石、枯木乾荷之類，題材特殊、筆墨簡練而帶有禪意，或強調象徵旨趣的另一個繪畫體系。在楊識宏的半抽象畫作，如【黑色植物】、【花影】、【慢板】、【氣象】、【輪迴】、【永恆】之中，我們也可以體認到一種敘述收斂，情感擴張，藉物遣懷，象徵有意的文人繪畫特質。在此，畫家特別針對自然世界裡生命的浮沈起落與動盪無常，作了一種摘要式的提陳和解構化的書寫。其中的視覺語言，也是以東方的言簡意賅和空留餘韻作爲基本主張的。

楊識宏的創作思維與實踐方式，單單從作品標題上已可看出一些端倪。從中，我們也不難理出，他的創作進展，或作品與作品之間的關係延伸，經常是以一種二律背反的邏輯來進行的。這回預定展出的畫作中，一些可以成雙配對欣賞閱讀的作品，如【Melody】與【Negative Melody】，【Plus】與【Minus】，【Structure】與【Substructure】，明顯即是這種思維的產物。而除了對稱化的作品標題所透露出來的思考方式，實際就各幅畫的形式表現與整體氛圍來看，對立的手法運用與對照的意象呈現，也是時有所見的。以【藍色十字】一作爲例，畫中以一個動態未定的藍色十字架作爲主要形符，左右兩邊，分別是 一片搖晃飄落的褐色枯葉和一個冉冉上昇狀的白色新芽；這外披黑色喪服內套基督教最神聖的藍色袈裟，同時象徵著犧牲與救贖的十字形符號，以凌空懸浮的姿態，出現在意味了生與死的兩款植物圖象之間，看來頗具威權和神力，但本身也好像受到了一些外力的干擾、拉扯和傷害。

類此，這幅畫在一種抽象及自動表現的背景中，通過簡潔的符號與圖象組合，並利用象徵化的構圖言說，把西方宗教的精神內涵，重新作了一次有力的詮釋。而這也足以印證，在經過新抽象繪畫的洗禮之後，思想與觀念方面，楊識宏已能自由調配傳統情感與與現代意志，並同步觀照東方文化與西方文明；創作實踐方面上，則能夠無拘地讓具象的圖形、制約的符號、抽象的色面和線性的書寫與塗鴉等，在他的畫布上，同時以「有所關心」和「無所關心」這兩種程式，寫下了各種四重奏式的視覺樂章。

應該補充的是，如果把標題爲【加/plus】的一件畫作，拿來與上述的【藍十字】，以及另一幅名爲【減/minus】的畫作進行對照觀賞，想必有助於我們發現，楊識宏雖然應用了一些約定俗成的符號來建構其藝術言說，但他對這些符號所代表的精神意義，有時是以一種逆反慣例的態度和方式來重新演繹的。於此，我想指出的是，同樣的十字形，在【藍十字】中的呈現方式和關鍵位置，賭定是很神聖無比的一種符號，但是在【加/plus】之中，雖然左右也各有植物圖形的搭配，這個符號所散發的死亡訊息，

毋寧是更凝重和強烈的。這個好像被黑洞吸噬而正在減量縮形的十字符號，如果是宗教失敗信仰頹落的一種象徵，伴隨著周遭枯槁狀態的植物圖形，和灰天灰地中只剩殘紅的角落太陽，一個總體毀滅的意象，一種死亡相加的意涵，不免就呼之欲出了。反過來看，在【減 /minus】一畫中，形式的構設一如佈滿氣根的洞窟，整個畫面的基調是黑暗死寂的，獨獨有一道橫過畫心的電光，好像正在爲早已枯寂的植物充電還魂。這個被稱爲「減」的象徵符號，意旨正好相反，畫家是用它來爲圓寂的世界加持能量的。

除此之外，我想針對楊識宏新作中一些幾近完全抽象的作品作些探討。這類作品，包括【慢板 04】【白日夢】【虛實】【旋律】【負旋律】【幻想曲】及【內心視景】中紅、藍、綠的三張等。這當中，有些幾乎是以線條的無目的性遊走做爲起始和終點的。值得注意的是，線條的遊走固然自在，卻不是很流利導向的，有些且強調了一種猶豫不決的姿態。就線與線之間的關係看，有的像連理枝，貫串在畫面各處；有的像沒有寄生主的藤蔓，刺眼地爬行在畫布四周的邊緣地帶，結構或許寬鬆，卻不失爲一種有機的組織。這些畫，通常搭配了中明度與低彩度的色面分割，作爲線條穿梭連結的的舞台。整體看來，這批畫的性格，介於抒情表現的隨性和半自動性技法的隨機之間，畫家對線條與色面的佈施，與其說著意於一種邏輯明確的建構，或敘述性的圖象造型，不如說旨在一種可以張羅後續靈感的開放性組織。要之，這種以無目的性書寫爲中心旨趣的畫，並非肆意的天馬行空，而其實隱存了某些自我期待的念頭。這種期待，也就是在「放」與「收」之間尋找一種最佳平衡的時機和方式，而因爲沒有固定的原則，如何收拾一張放開了的畫，也就變成了一次次嚴格的自我考驗。

心理學大師榮格(Carl Gustav Jung)曾經說過：「一個人的視野，只有在看向自己的內心時才會變得清楚；只知道向外看的人，都是一些作夢者，唯有向內看的人，才是眞正的清醒者。」從上文對此次展出作品的概略解讀，我們可以確定，楊識宏的畫，不論是觸及自然物的再現，抽象色面的建構或通俗符號的演繹，意圖上均在於某種內心視景(inner vision)的呈現。對某些藝術家而言，所謂「內在視景」的呈現，往往只是一種無的放矢的創作遊戲，是不需要太嚴肅看待的；唯獨虔心自律的創作者，才能體會和認同Isaac Bashevis Singer說的：「創作者最痛苦的一種經驗是，在他的內心視野與終極表現之間，總是有一道裂痕，或存在著落差」。同樣的，也只有眞正虔心自律的創作者，才能夠相信D. H. Lawrence的名言：「任何文明一旦失去了內心視景和自我清理的能量，就會掉進一種新的僵化，且比之前更頑固不靈」，並且相信，藉用這番話來檢視個人的藝術追求，也是義理相通的。

(作者任職台新銀行文化藝術基金會藝術總監)

關於繪畫

楊識宏

　　要用文字來闡述探討繪畫，這件事本身就充滿了空泛、偏頗、誤差等等風險。就如德國大文豪哥德所說的：「藝術是給人觀看的，而不是談論的；除非或許你正好在現場。」（在那個時代，藝術指的是繪畫作品。）但弔詭的是人類用文字來討論視覺藝術中之繪畫，卻又已有漫長的歷史。想來也是一種無可奈何的辦法吧！而讓一個創作者自身來敘述或解釋自己的作品，就愈加顯得有點多此一舉了。怎麼說呢？一個創作者，照理說，他想抒發、傳達乃至表現的思維與感受，大體應該都在其作品裡了。若是作品本身不到位，任其撰文旁徵博引、添綴附加也是白搭；作品還是作品，作品以外的言說仍是作品以外的言說。穿鑿附會不過徒增作品之匱乏而顯示其拙劣而已。然而，這也是我們仍時常見到；並一犯再犯而被原諒的錯誤。作者之為文自述唯一可以諒解的原因，可能是緣起於人都有恐怕被誤解的心理因素吧！一件好的作品，應該是有多重的解釋面向，而且愈多愈好（包括誤解在內，誤解說不定是一種逆向思考）。藝評人要是言之有物，又能自圓其說，也許更能披露作品之底蘊與意涵，所謂旁觀者清。然而，若要讓作者解釋自己的作品，往往有老王賣瓜或甚至自我感覺無限上綱的毛病。所以近年來，每次遇到個展圖錄印行之前，被迫要補白而湊一篇幅時，我就不在作品上著墨太多；寧可傾向於對創作生活之體驗或對繪畫的一些理念心得之表述居多。

　　我這一代的人，成長過程的青年期，適逢理想主義高漲的六十年代。難免也沾染了一些理想色彩。這種影響於從事創作者更加顯著。理想主義者對人生所抱持的態度，或對生命意義的終極關懷，往往都傾向於〝好高鶩遠〞；甚至於〝寧可玉碎不可瓦全〞的絕決。相對於廿一世紀人普遍地浮躁而急功近利、膚淺而及時行樂的心態，自然顯得有些格格不入。這愈來愈迅快的生活步調、愈來愈氾濫的訊息資料、愈來愈貪婪的慾望場域，其實已使生活於當今的人無比的焦慮與惶惑。再加上國際政局的擺盪，經濟的委靡不振，惡疾傳染病之漫延，恐怖主義威脅的不安，族裔的對立殺伐……每一社會環節的脫序都足以使你如何都〝理想〞不起來。面對如此駁雜紛擾的境況，身為一藝術工作者將何以自處？老實說，很難有令人滿意的理想答案。創作者不是立竿見影的社會改革家，他雖然也可以憂國憂民以社稷天下為己任，但在現實層面上，大概也只能儘量獨善其身而已。然而作為社會的一員，他又與社會有著內在的連繫與外在的關係，可是事實上他能做的也僅是在一己的範圍內的抉擇與堅持罷了。每一項選擇都有他所必須付出的代價，而各樣的選擇也塑造了今日各式各樣存在的個人。說穿了，生命的歷程，無非是一些價值判斷；一些選擇而已。選擇總是以每個人自己的價值體系，價值座標為基礎的。或許也有人會將它歸諸於命運。那麼，是命運使你做了這樣的選擇，抑是這樣的選擇決定了你如今的命運，這恐怕也是無解的吧！總之，這生命的旅程是單行道，一次性的，別人無法越俎代庖，也不能調頭重來一次。除非

你相信來生，但是未來時空之變異已然面目全非，其意義自是不可同日而語了。

這樣的感觸，似乎有些低調或甚至傷感而消極。然而我對自己所做的選擇，還是頗為欣慰的，並且對這選擇所付出的努力與態度仍然是積極的。我還算幸運；在年輕的時候已經清楚知道自己要追求的是什麼。如此年去年來，在創作的路上走來，也已倏忽三十六個寒暑了；而且不覺中竟也快到年逾〝耳順〞的歲數；能不令人駭然心驚？

藝術創作活動的載體與材質本身，應無孰優孰劣之分。繪畫的塗繪或文字的書寫、無形的聲音或有形的物質、能動的或靜止的性能，其表現領域與呈展維向，都有它自主的律則與規範，各有特色，關鍵還是在運用操作的創作者；是創作者的優異才賦給了媒材以特性與價值。

從考古人類學的文明遺址來看，人類在平面上繪畫的活動可以追溯到一萬五千年前（如西班牙阿塔米拉Altamira的岩畫）；而線條生動優美的法國拉斯科（Lascaux）洞窟壁畫也有一萬年的歷史。繪畫圖象比書寫的文字要久遠許多，在人類文化演進的歷程中，也一直佔據了舉足輕重的地位。所以有人稱繪畫是美術之母。自現代主義藝術的運動以降，繪畫在表現形式的推演嬗變過程中，也經歷了多次的衝擊。而在今時科技昌盛的廿一世紀，這從史前時代就發生並綿延至現在的平面媒材—繪畫，卻又再度引起熱切的關注與探討。曾經不知多少次繪畫被認為已經式微了，過時了，乃至宣判繪畫已死等等；就如寓言裡一再說

〝狼來了〞，可狼終究沒來，這已不是具體而有說服力的言說了，似乎已成爲每次新革命都會出現的老問題。讓我想起了畢卡索說的一句話：「人在試著解釋繪畫時，經常都是搞錯了重點（對象）。」繪畫與語言文字，分屬兩種情感思想的傳達系統，由人類右腦與左腦的纖細紋理與敏銳神經所掌管。它是與生俱來的本能與本質，無法刪除、無法替代，也是人類的一種根本需求。尤其是繪畫，它是最神秘最精華最原初最單純也最繁複的感受表現機制。具有深厚的人文肌理與視覺密度。因此，我相信文字語言與繪畫圖象無論科技多麼進步也不可能從人類的生活中消失。我們都耳熟能詳現在是所謂〝數位化的時代〞，但是數字能取代文字嗎？數字又能取代圖像嗎？科學可以幫助我們解析追索客觀的眞實，但往往在過程中也同時斲傷了生命的眞實。我們可以解剖肉體卻無法解剖精神。人的靈魂就不可能在身體的解剖中找到。這一扯又遠了，還是言歸繪畫。

　　先來回溯繪畫的歷史進程，再來談我自己的繪畫理念。現當代繪畫的發展，自從1913年杜象（Duchamp）將腳踏車的輪子裝置在圖?上後就開始「異化」。他自問「一個人能否做些作品，而它又不是藝術作品。」這個看起來似是而非的問題，可說是反藝術反繪畫的濫觴;後來即發展出〝現成物〞（Ready made）及反美學的論述。杜象以後，這種知性的思維傾向影響後來繪畫的發展不可謂不大。1921年，阿雷克山德·羅秦科（Aleksandr Rodchenko），他就曾發表了繪畫已終結的論調；他把繪畫簡約到邏輯性結論的

楊識宏在紐約雙后區克勞斯比街的畫室

黃永松攝影

極緻，將繪畫還原為三原色，然後宣稱〝繪畫到此結束〞。六十年代到七十年代，觀念藝術家也一再地將繪畫貶抑到極末微的地位。但在八十年代，繪畫的再復興，把前此所有的界定論述全部推翻，繪畫的情勢一片大好。九十年代以後，裝置藝術、行為藝術盛行，繪畫再次退隱。而從廿一世紀開始，繪畫又復甦，這個最原始最古老的表現媒材，又有另一番新境。事實上，在任何時期，繪畫以外的媒材最時興的時候，也一直有許多優異的繪畫創作在進行發展著。西方的藝術運作體系，其實與政治、經濟、市場、流行、權力、思潮、品味，有著多層糾葛的辯証關係。若揭除表面的現象回歸到它內部規律的本質時，也就不難看出其紋理脈絡與因果關係了。

　　說來奇怪，早在年輕時我就被繪畫這個表現媒材所深深吸引。這些年也曾涉及文字書寫和影像媒材的表現，但對繪畫卻一直有幾近執拗的偏愛。每當面對一張空白的畫布時，就覺得有莫名的衝動興奮和無窮的想像。雖然它只是一個二次元的平面空間，卻可以產生多次元的無止境變化；有無限的可能，沒完沒了。或許就是這種無中生有，無始無終的神秘過程讓人執迷不已。我曾比喻：〝繪畫就像是個未知的旅程之探險〞。其過程與目的都一樣趣味盎然。因為是向〝未知〞啟程，所以特別令人感到新奇與驚愕，當然也時常伴隨著困難與挑戰。

　　美國著名畫家羅斯科（Rothko）曾說：「一個畫家作品的發展，就如在時間中的一點到另一點的旅行，它將會走向清晰性；走向排除介於畫家與意念之間；意念與觀者之間的所有障礙。」經過幾十年在數百上千的畫幅中之演練，我也隱約發現：自己的創作路向及風貌漸趨明晰化。在形式上，我總是在抽象與具象之間的鋼索遊走，即不抽象也不具象；即是抽象也是具象。有種詭譎曖昧的雙重性。因此在內容上也試圖隱喻生命情境中之一種二律背反的悖論。我對於主客觀世界的對立與合諧並存、理想與現實的傾軋、理性法則與感性原理的互滲、空間與時間的交錯、陰陽虛實的互動、黑暗與光明的對照、生長與腐朽的並列、生與死的循環、愛與恨的交織、瞬間與永恆的消長……等等，都特別感興趣。其實人或自然都屬雜存在著這種弔詭的辯證關係。沒有一無是處的壞人，也沒有毫無瑕疵的好人；就如自然看似平和其實充滿暴力。它們都同時俱有正與反、真與假、善與惡、美與醜、強與弱等等相對的二重性。人的內在心靈世界與外在客體現象也存在著相互投射；虛實掩映的關係，同樣有這種矛盾、衝突、調和、圓融的二重性。

　　繪畫就是我對這輾轉的真實生命情境具體而微的靈視與觀照。至於所謂東方與西方的精神內涵或者新與舊的表現形式，也是自然而然地兼容並蓄於形象思維和繪畫語言的構成中。繪畫巨匠菲立普葛斯頓（Philip Guston）說的好：「一張繪畫它應該同時是老而又是新的，就像它已經一直在你的內裡很久很久，但你又像從未見過一樣。」

　　說是不談自己的畫作的，談著談著不覺又扯進去了，我也是在冒著空泛、偏頗、謬差的風險！還是就此打住，就請諸位看官，親自去〝看〞作品吧！

圖版

Plates

象由心生（紅）2004 丙烯／畫布 162×71.1公分
Inner Vision(Red) 2004 acrylic on canvas 63 3/4×28 inches

象由心生（白）2004 丙烯／畫布 162×71.1公分
Inner Vision(white) 2004 acrylic on canvas 63 3/4×28 inches

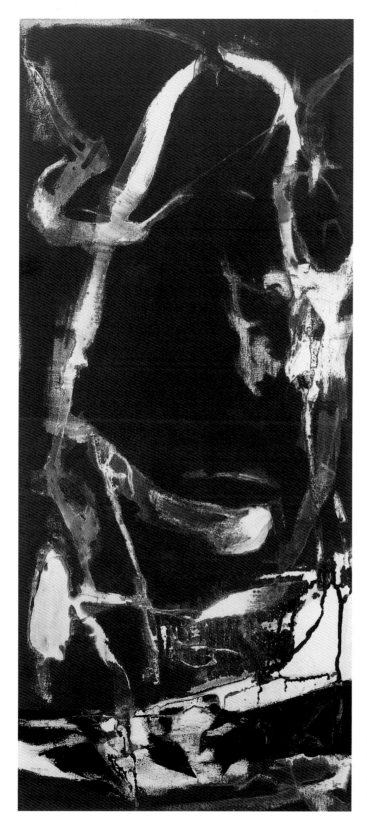

象由心生（藍）2004　丙烯／畫布　162×71.1公分
Inner Vision(Blue)　2004　acrylic on canvas　63 3/4×28 inches

象由心生（綠）2004　丙烯／畫布　162×71.1公分
Inner Vision(Green)　2004　acrylic on canvas　63 3/4×28 inches

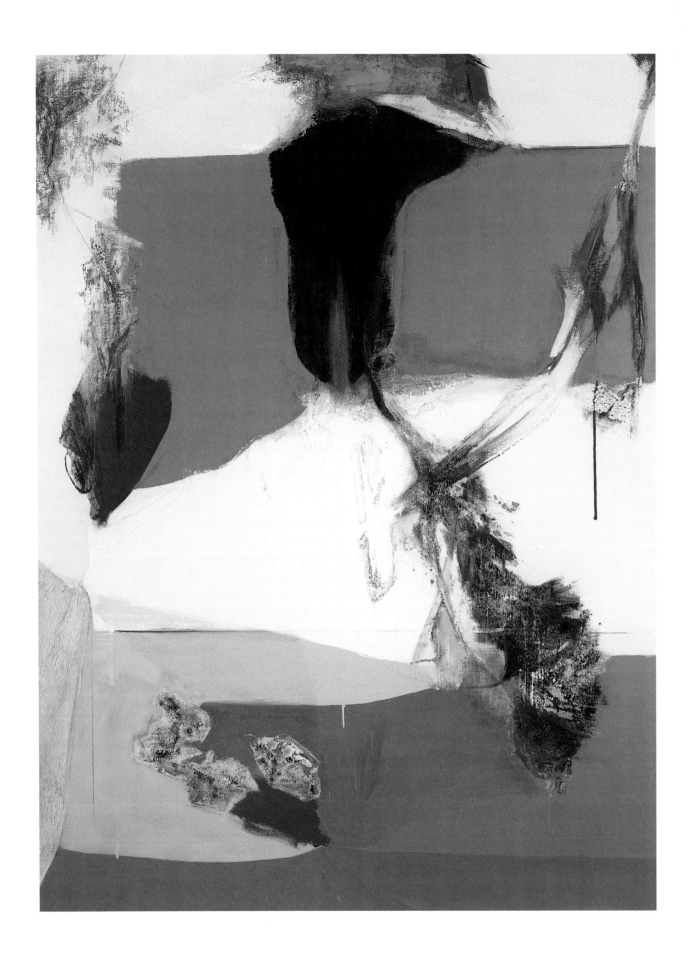

幻想曲　2004　丙烯／畫布　203.2×152.4公分
Fantasia　2004　acrylic on canvas　80×60 inches

輪迴　2004　丙烯／畫布　170.2×221公分
Reincarnation　2004　acrylic on canvas　67×87 inches

氣象 2004 丙烯／畫布 170.2×221公分
Climate 2004 acrylic on canvas 67×87 inches

底部構造　2004　丙烯／畫布　160×111.8公分
Sub structure　2004　acrylic on canvas　633/4×44 inches

慢板 A　2004　丙烯／畫布　115.5×87.6公分
Adagio(A)　2004　acrylic on canvas　45 1/2×34 1/2 inches

慢板 B 2004 丙烯／畫布 115.5×87.6公分
Adagio(B) 2004 acrylic on canvas 45½×34½ inches

慢板 C　2004　丙烯／畫布　115.5×87.6公分
Adagio(C)　2004　acrylic on canvas　45 1/2 × 34 1/2 inches

慢板 D　2004　丙烯／畫布　115.5×87.6公分
Adagio(D)　2004　acrylic on canvas　451/2×341/2 inches

加　2004　丙烯／畫布　127×96.5公分
Plus　2004　acrylic on canvas　50×38 inches

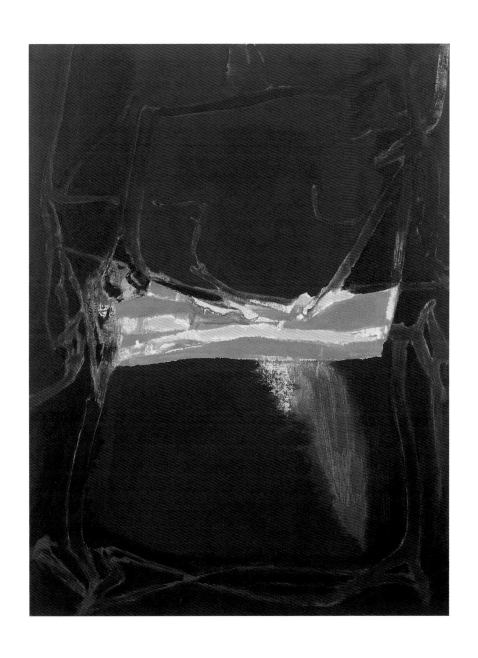

減　2004　丙烯／畫布　127×96.5公分
Minus　2004　acrylic on canvas　50×38 inches

藍十字　2004　丙烯／畫布　160×111.8公分
Blue Cross　2004　acrylic on canvas　633/4×44 inches

內部結構　2004　丙烯／畫布　160×111.8公分
Structure within　2004　acrylic on canvas　633/4×44 inches

負旋律　2004　丙烯／畫布　160×111.8公分
Negative Melody　2004　acrylic on canvas　63 3/4 × 44 inches

旋律　2003　丙烯／畫布
Melody　2003　acrylic on canvas　57×40 inches

鏡與像　2003　丙烯／畫布　162×112.4公分
Mirror　2003　acrylic on canvas　633/4×441/4 inches

花影 1999-2002 丙烯／畫布 162×112.4公分
Shadow 1999-2002 acrylic on canvas 633/4×441/4 inches

上昇　2003　丙烯／畫布　180.4×122公分
Ascension　2003　acrylic on canvas　71×48 inches

整合　2003　丙烯／畫布　180.4×122公分
Integration　2003　acrylic on canvas　71×48 inches

白日夢　2002　丙烯╱畫布　162×112.4公分
Day Dream　2002　acrylic on canvas　63¾×44¼ inches

植物學筆記（一） 2002　丙烯／畫布　144.8×101.6公分
Timelessness（Ⅰ）　2002　acrylic on canvas　57×40 inches

植物學筆記（三）2002　丙烯／畫布　144.8×101.6公分
Timelessness (III)　2002　acrylic on canvas　57×40 inches

植物學筆記（二） 2002　丙烯／畫布　144.8×101.6公分
Timelessness（II）　2002　acrylic on canvas　57×40 inches

時間與空間 (A)　2000　丙烯／畫布　144.7×101.6公分
Time and Space(A)　2000　acrylic on canvas　57×40 inches

黑色植物　2001　丙烯／畫布　198×152公分
Black plant　2001　acrylic on canvas　78×60 inches

藍色的底流　2002　丙烯／畫布　162×112.3公分
Blue Undercurrent　2002　charcoal and acrylic canvas　633/4×441/4 inches

黑色神話 2002 丙烯／畫布 162×112.3公分（台灣私人收藏）
Black Myth 2002 acrylic on canvas 63 3/4×44 1/4 inches（Private collection Taiwan）

春之心　2002　炭筆、丙烯／畫布　162×112.3公分
Heart of Spring　2002　charcoal and acrylic on canvas　63 3/4×44 1/4 inches

上昇（II） 2002 丙烯／畫布 115.5×87.6公分
Ascension 2002 acrylic on canvas 45 1/2×34 1/2 inches

上昇（Ⅰ） 2002 丙烯／畫布 115.5×87.6公分
Ascension 2002 acrylic/canvas 45 1/2×34 1/2 inches

內在自然（黑）2001　丙烯／畫布　145.5×112公分
Nature Within (Black)　2001　acrylic on canvas　57×44 inches

內在自然（藍）2001　丙烯／畫布　145.5×112公分
Nature Within (Blue)　2001　acrylic on canvas　57×44 inches

隱士　2001　丙烯／畫布　116.5×91公分
Recluse　2001　acrylic on canvas　45.8×35.8 inches

混沌　2001　丙烯／畫布　145.5×112公分
Chaos　2001　acrylic on canvas　57×44 inches

靜止的爆發　1999　丙烯／畫布　71.1×162公分（台灣私人收藏）
Stilled Explosion　1999　acrylic on canvas　28×63 3/4 inches

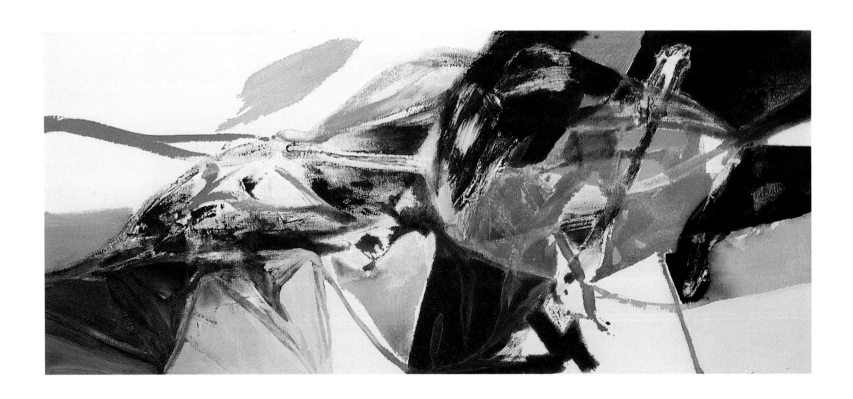

執念(A)　1999　丙烯／畫布　71.1×162公分（台灣私人收藏）
Obsession (A)　1999　acrylic on canvas　28×63 3/4 inches

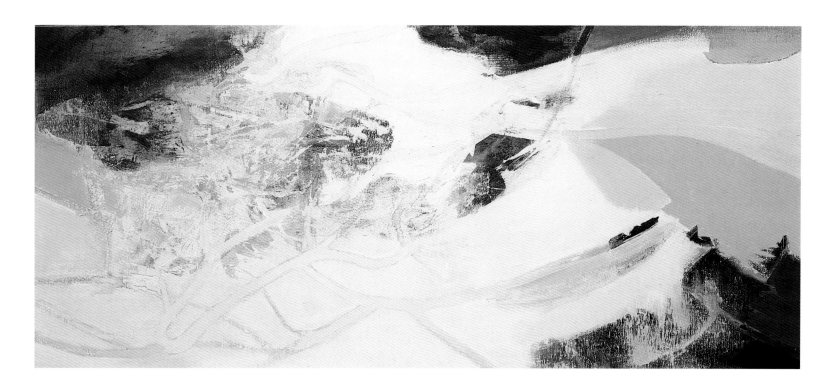

雪山　1998　丙烯／畫布　71.1×162公分（台灣私人收藏）
Kilimanjaro　1998　acrylic on canvas　28×63 3/4 inches

黑之軌跡　2001　丙烯／畫布　71.1×162公分（台灣私人收藏）
Black Trail　2001　acrylic on canvas　28×63 3/4 inches

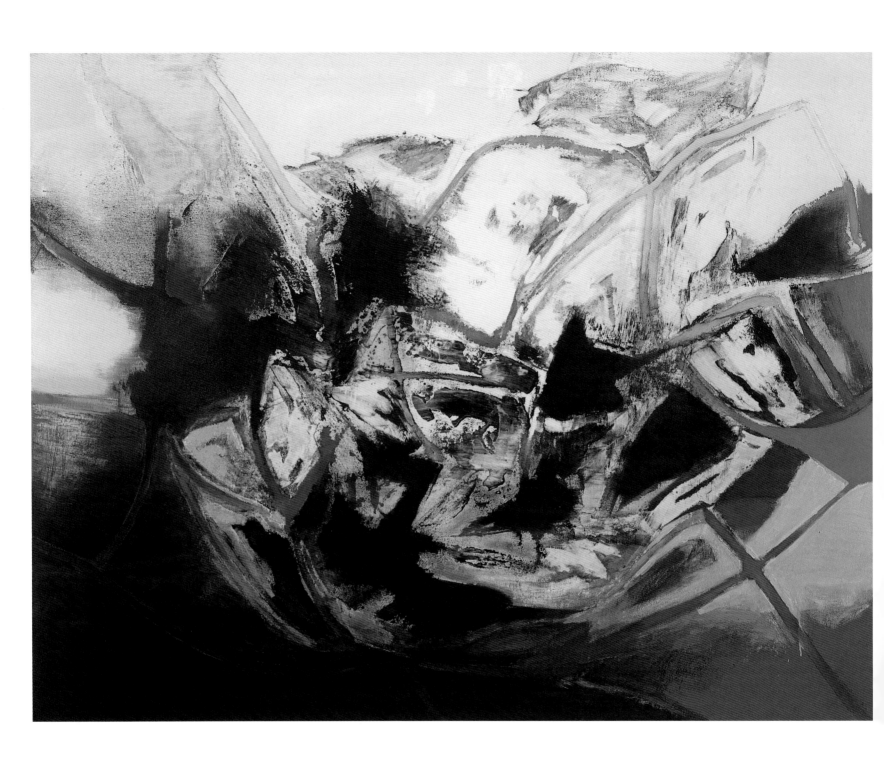

自然的力量　2000　丙烯／畫布　152×198公分
Forces of Nature　2000　acrylic on canvas　60×78 inches

內部 2000 丙烯／畫布 152×198公分
Internal 2000 acrylic on canvas 60×78 inches

延伸的範疇　1999　丙烯／畫布　115.5×87.6公分
A Stretched Realm　1999　acrylic on canvas　45 5/8×34 5/8 inches

黑在白中　1998　丙烯／畫布　152.4×198.1公分（台灣私人收藏）
Black Within White　1998　acrylic on canvas　60×78 inches

上揚的地平線　1999　丙烯／畫布　91.5×71.8公分
Upward Horizon　1999　acrylic on canvas　36×28 1/2 inches

再生　1998　丙烯／畫布　116×88公分（台灣私人收藏）
Regeneration　1998　acrylic on canvas　45 5/8×34 5/8 inches

開始之前　1998　丙烯／畫布　170×221公分
Before The Beginning　1998　acrylic on canvas　67×87 inches

氣息　1998　丙烯／畫布　130×194公分（台灣私人收藏）
Drawing Breath　1998　acrylic on canvas　51 1/8 × 76 3/8 inches

空無之書法　1998　丙烯／畫布　130×194公分（台灣私人收藏）
A Calligraphy Of Void　1998　acrylic on canvas　51 1/8×76 3/8 inches

風之回憶錄　1998　丙烯／畫布　112.4×162公分（台灣私人收藏）
The Memories Of The Wind　1998　acrylic on canvas　44 1/4×63 3/4 inches

王者之香　1997　丙烯／畫布　130.5×194公分（台灣私人收藏）
Orchid　1997　acrylic on canvas　51 3/8×76 3/8 inches

疏懶庭園　1997　丙烯／畫布　160×111.8公分（台灣私人收藏）
Garden of Idleness　1997　acrylic on canvas　63 3/4×44 1/4 inches

詩意的漂泊　1997　丙烯／畫布　170×221公分
Poetic Vagrancy　1997　acrylic on canvas　67×87 inches

親蜜的騷動　1996　丙烯／畫布　111.8×160公分
Intimate Agitation　1996　44 1/4×63 3/4 inches

秋之弦樂四重奏　1997　丙烯／畫布（雙併）　162×224.6公分
String Quartet, "Autumn"　1996-97(diptych)　acrylicon canvas 633/4×88 inches

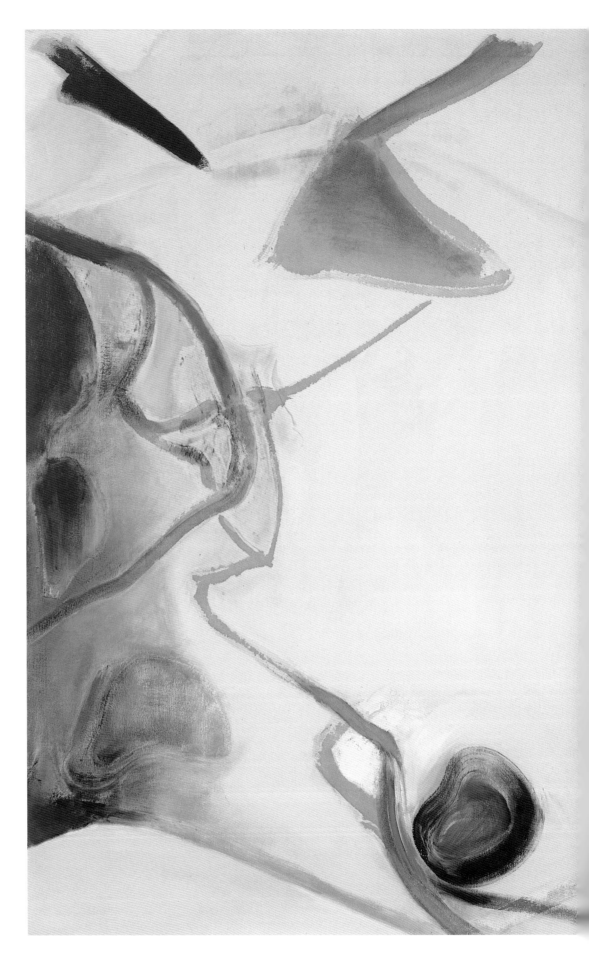

空靈　1997　丙烯／畫布　194×260公分
The Sublime Void　1997　acrylic on canvas　76 1/2 × 102 3/8 inche

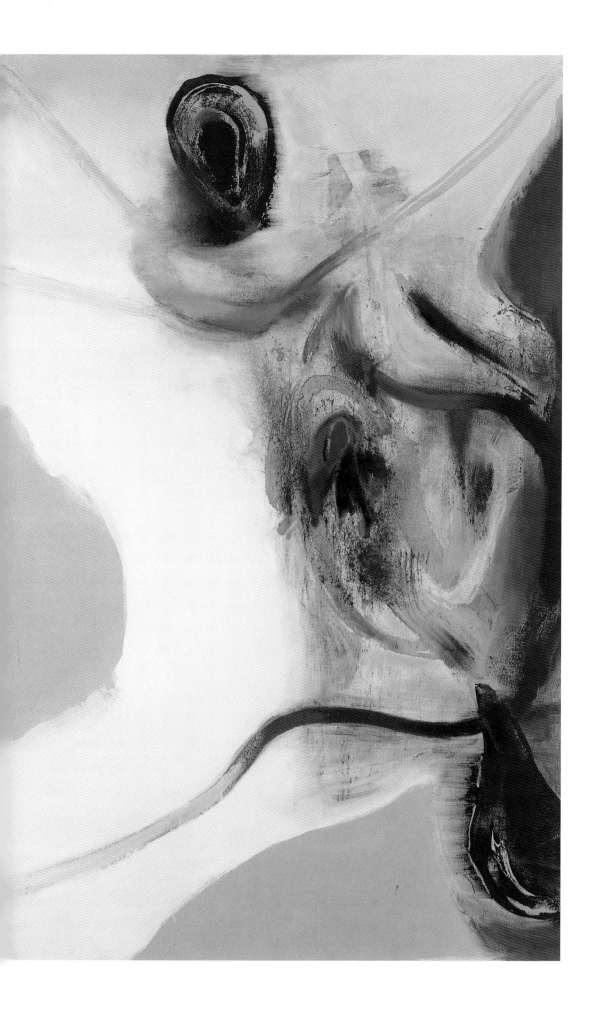

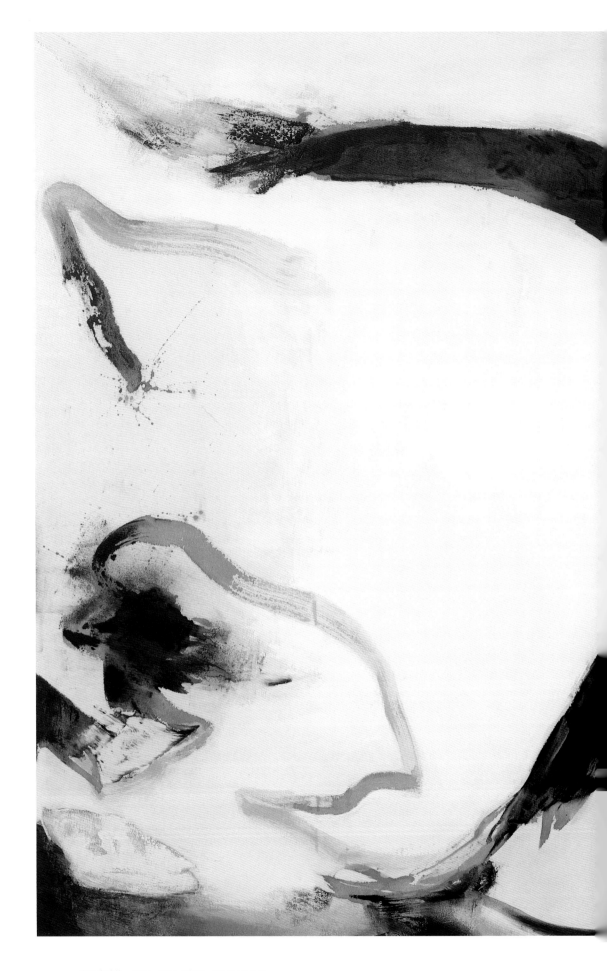

空無之邊緣　1997　丙烯／畫布　194×260公分
The Edge of Void　1997　acrylic on canvas　761/2×1023/8 inches

崇高的虛空　1996　（雙併）　丙稀／畫布　254×396.3公分
The Sublime void(diptych)　1996　acrylic on canvas　100×156 inches

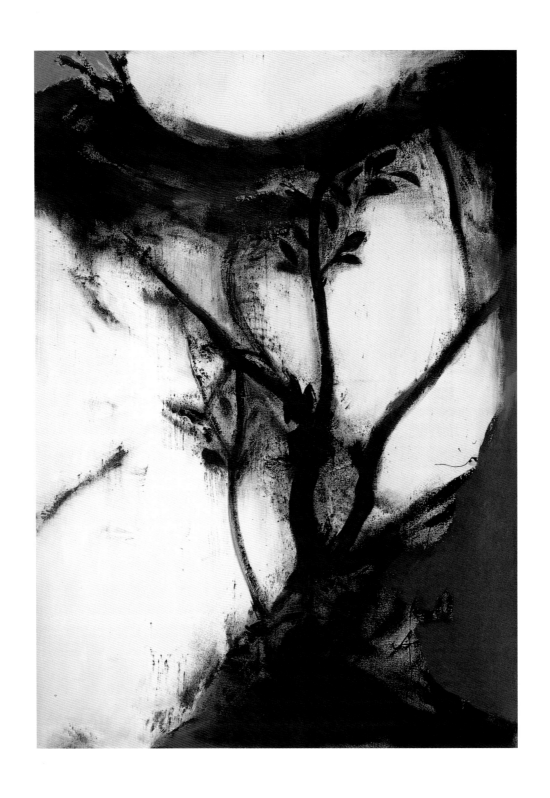

黑色之構成　1995-96　丙烯／畫布　142×101.5公分
Composition In Black　1995-96　acrylic on canvas　55 7/8×40 inches

德布西　1996　丙烯／畫布　162×129.9公分
Debussy　1996　acrylic on canvas　633/4×511/8 inches

內韻 1995 丙烯／畫布 198.2×248.9公分
Interplay 1995 acrylic on canvas 78×98 inches

花神殿　1994-95　丙烯／畫布　198.5×152.5公分
Temple of Flora　1994-95　acrylic on canvas　78×60 inches

安魂曲 1995 丙烯／畫布 198.2×248.9公分（紐約私人收藏）
Requiem 1995 acrylic on canvas 78×98 inches

苔原　1995　油彩／畫布　116.8×142.3公分
Tundra　1995　oil on canvas　46×56 inches

乾葉之歌　1994　炭筆、丙烯／畫布　198.5×152.5公分（台灣私人收藏）
Elegy of Leaves　1994　charcoal and acrylic on canvas　78×60 inches

葬花吟（Ⅰ）1994　丙烯／畫布　142.4×101.7公分
Song of Burying Flowers(Ⅰ)　1994　acrylic on canvas　56.1×40 inches

葬花吟（Ⅱ）1994　丙烯／畫布　142.4×101.7公分
Song of Burying Flowers(Ⅱ)　1994　acrylic on canvas　56.1×40 inches

面具、鏡子和神話　1994　丙烯／畫布　221.2×170公分（台灣私人收藏）
Mask, Mirror And Myth　1994　acrylic on canvas　87×67 inches

秘密花園　1994　丙烯／畫布　221.2×170公分（台灣私人收藏）
Secret Garden　1994　acrylic on canvas　87×67 inches

有木板節的繪畫　1994　油彩／畫布　91×65公分（台灣私人收藏）
Knot Painting　1994　oil on canvas　35 7/8×25 1/2 inches

突破　1992-93　丙烯／畫布　221.2×170公分（台灣私人收藏）
Breakthrough　1992-93　acrylic on canvas　87×67 inches

生命榮枯之感傷　1993　丙烯／畫布　142.2×101.6公分（台灣私人收藏）
Sentiment of Growth And Decay(II)　1993　acrylic on canvas　56×40 inches

黑色之花　1993　丙烯／畫布　198×152公分（台灣私人收藏）
Black Flowers　1993　acrylic on canvas　78×60 inches

銀畫　1993　丙烯／畫布　182.9×122公分
Silver painting　1993　acrylic on canvas　72×48 inches

金畫　1993　丙烯／畫布　182.9×122公分（紐約私人收藏）
Gold painting　1993　acrylic on canvas　72×48 inches

化石年輪　1993　丙烯／畫布　1981×152.5公分
Stone Ring　1993　acrylic on canvas　78×60 inches

另一種光環　1993　丙烯／畫布　198×152.5公分（台灣私人收藏）
Another Kind of Halo　1993　acrylic on canvas　78×60 inches

晝與夜　1991-92　丙烯／畫布　198×152.5公分
Day And Night　1991-92　acrylic on canvas　78×60 inches

氣象萬千　1992-93　丙烯／畫布　171.5×281.4公分（台灣私人收藏）
Transient Atmosphere　1992-93　acrylic on canvas　67 1/2×110 3/4 inches

黑暗的果實　1991-92　丙烯／畫布　198×152.5公分
Fruit of Darkness　1991-92　acrylic on canvas　78×60 inches

蕨類　1992　丙烯／畫布　221.2×170.1公分
Fern　1992　acrylic on canvas　87 1/8×67 inches

生之過程　1991-92　丙烯／畫布　330×190，330×259，330×190公分（香港中環廣場大廈收藏）
Process of Life　1991-92　acrylic on canvas　130×75　130×102　130×75 inches

生命的引力 1991-92 丙烯／畫布 244.1×188.1公分

Life gravity 1991-92 acrylic on canvas 96 1/8×74 1/16 inches

過去的片斷　1990　丙烯／畫布　142.2×101.6公分（台灣私人收藏）
A Segment of The past　1990　acrylic on canvas　56.1×40 inches

歲月的面紗　1990　丙烯／畫布　142.2×101.6公分（台灣私人收藏）
The veil of Time　1990　acrylic on canvas　56.1×40 inches

渲染的心情　1990　粉彩、炭筆、與丙烯／畫布　203.2×152.4公分（台北市立美術館收藏）
A Feeling Round The Contour of an Ambiguous Shape　1990　Pastel, charcoal and acrylic on canvas　80×60 inches（Collection: The Taipei Fine Arts Museum, Taipei, Taiwan）

再生　1989　丙烯／畫布　223.8×173公分（芝加哥私人收藏）
Resurrection　1989　acrylic on canvas　88 1/8×68 1/8 inches（Private collection Chicago）

白火　1988　丙烯／畫布　233.7×66公分
White Fire　1988　acrylic on canvas　92×26 inches

空無的榮冠　1988　炭筆、丙烯／畫布　182.8×121.9公分（紐約私人收藏）
Wreath With Void　1988　charcoal and acrylic on canvas　72×48 inches（Private Collection, New York）

虛空的虛空連作　1987-88　丙烯／畫布　142.2×101.6公分
Vanity of Vanities　1987-88　56×40 inches (each)

118

欲望　1988　丙烯／畫布　198×152.5公分
Desire　1988　acrylic on canvas　78×60 inches

牧者與屠者　1988　丙烯／畫布　223.5×172.7公分
Shepherd and Slaughterer　1988　acrylic on canvas　88×68 inches

畫中有畫　1988　丙烯／畫布　223.5×172.7公分（台灣私人收藏）
Painting Within Painting　1988　acrylic on canvas　88×68 inches

受刑圖 1987-88 炭筆、丙烯／畫布 248.9×198.1公分 （台灣私人收藏）
Crucifixion 1987-88 charcoal and acrylic on canvas 98×78inches （Private Collection, Taiwan）

自然循環的神話　1987　丙烯／畫布　223.5×172.7公分（國立台灣美術館收藏）
The Myth of Nature Cycle　1987　acrylic on canvas　88×68 inches（Collection: National Taiwan Fine Arts Museum）

生長與腐朽　1987　丙烯／畫布　198.1×152.4公分
Growth And Decay　1987　acrylic/canvas　78×60 inches

夏天的繪畫　1987　丙烯／畫布　198.1×152.4公分
The Summer Painting　1987　acrylic/canvas　78×60 inches

面具的告白　1987　炭筆、丙烯／畫布　248.9×198.1公分（紐約私人收藏）
Confessions of The Mask　1987　acrylic/canvas　98×78 inches

美女與野獸　1987　丙烯／畫布　198.1×304.8公分（紐約私人收藏）
Beauty And Beast　1987　acrylic/canvas　78×120 inches

草叢人之狂想　1987　丙烯／畫布　198.1×152.4公分
Bushman's Fantasia　1987　acrylic/canvas　78×60 inches

崇拜　1987　丙烯／畫布　198.1×152.4公分（紐約私人收藏）
Worship　1987　acrylic/canvas　78×60 inches

古代的傳說　1986　丙烯／畫布　152.4×198.1公分
Ancient Legend　1986　acrylic/canvas　60×78 inches

野性的誘惑　1986　丙烯／畫布　127×177.8公分
Wild Seduction　1986　acrylic/canvas　50×70 inches

動物熱情 1986 丙烯／畫布 198.1×152.4公分
Animal passion 1986 acrylic/canvas 78×60 inches

陷阱　1986　丙烯／畫布　248.9×198.1公分（芝加哥私人收藏）
Trap　1986　charcoal and acrylic on canvas　98×78 inches

布幔後是什麼　1986　丙烯／畫布　218×170公分（台灣私人收藏）
What Is Behind The Curtain?　1986　acrylic/canvas　86×67 inches

浮華　1986　丙烯／畫布　221×170公分（倫敦私人收藏）

Vanifies　1986　acrylic/canvas　87×67 inches

回憶的微光　1986　丙烯／畫布　170×221公分（倫敦私人收藏）
Reminiscent Glimmer　1986　charcoal and acrylic on canvas　67×87 inches

氣韻　1986　丙烯／畫布　198.1×152.4公分（左幅）（倫敦私人收藏）
Chi　1986　acrylic/canvas　78×60 inches

氣韻 1986 丙烯／畫布 198.1×152.4公分（右幅）（倫敦私人收藏）
Chi 1986 acrylic/canvas 78×60 inches

爆發之後　1985　丙烯／畫布　198.1×152.4公分（台灣私人收藏）
After Eruption　1985　acrylic/canvas　78×60 inches

門後是什麼？　1985　丙烯／畫布　198.1×152.4公分（美國私人收藏）
What Is Behind The Door?　1985　acrylic/canvas　78×60 inches

火鶴的狂想　1983　炭筆、丙烯／畫布　170.1×220.9公分（國立台灣美術館收藏）
Fantasies of Fire Crane　1983　Charcoal and acrylic on canvas　67×87 inches（Collection: National Taiwan Fine Arts Museum）

進化論　1984-85　丙烯／畫布　142.3×142.3公分
Evolution　1984-85　acrylic/canvas　56×56 inches

感官世界　1983　炭筆、丙烯／畫布　170.1×220.9公分（台灣私人收藏）
In The Realm of The Senses　1983　charcoal and acrylic on canvas　67×87inches（Private collection, Taiwan）

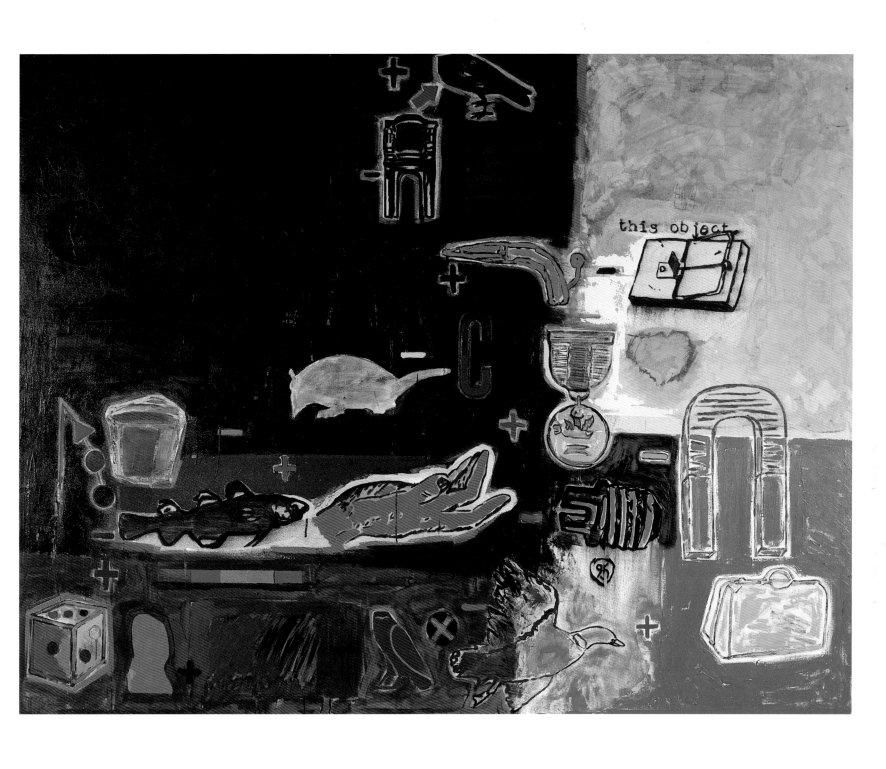

加與減　1982　炭筆、丙烯／畫布　152×198公分（紐約私人收藏）
plus and Muinus　1982　charcoal and acrylic on canvas　60×78inches　(private collection, New York)

意象的排索　1982　炭筆、丙烯／畫布　152×198公分（紐約私人收藏）
Imagery puzzle (I)　1982　charcoaland acrylic on canvas　60×78 inches

意象的排索　1982　炭筆、丙烯／畫布　152×198公分（美國康州奧綴奇現代美術館收藏）
Imagery puzzle (II)　1982　charcoal and acrylic on canvas　60×78 inches（collection: The Aldrich Museum of Contemporsry Art, Connectiut, U.S.A）

日光之下無新事　1982　丙烯／畫布　152×198公分
There Is Nothing New Under The Sun　1982　charcoaland acrylic on canvas　60×78 inches

有羊頭的山水　1983　炭筆、丙烯／畫布　170.1×220.9公分（台北市立美術館收藏）
A Landscape With A Goat Head　1983　charcoal and acrylic on canvas　67×87 inches（Collection: The Taipei Fine Arts Museum, Taipei, Taiwan）

謎樣的風景　1982　炭筆、丙烯／畫布　152×198公分（紐約私人收藏）
An Enigmatic Landscape　1982　charcoal and acrylic on canvas　60×78 inches

自然的暴力　1982-83　丙烯／畫布　152×198公分
The Violence Of Nature　1982-83　acrylic on canvas　60×78 inches

季節雨　1982-1983　炭筆、丙烯／畫布　152×198公分（高雄市立美術館收藏）
Seasonal Rain　1982-1983　charcoal and acrylic on canvas　60×78 inches

有門的風景　1981　炭筆、丙烯／畫布　152×198公分
Landscape with Gate　1981　Charcoal and acrylic on canvas　60×78 inches

永無止境的過程　1984　丙烯／畫布　152×198公分（台灣私人收藏）
Endless Process　1984　acrylic on canvas　60×78 inches

足跡　1981　丙烯／畫布　152×198公分
Footstep　1981　acrylic on canvas　60×78 inches

楊識宏年表

1947 農曆四月二十六出生於台灣，中壢的鄉村，新曆十月二十五日才報出生。本名楊熾宏，1989年後改名為楊識宏，祖父具有繪畫的天賦，常畫些花卉翎毛以自娛。

1949 隨父母遷居桃園，父親為公務員，在糧食局米穀檢驗所上班。

1952 遷回中壢，進幼稚園，幾個星期後因為適應不良，在家自修。

1953 提早入學，進中壢鎮新明國校就讀。喜歡繪畫，常在課本或地上塗鴉，並常隨母親到基督教的教堂。

1959 小學畢業參台北市初中聯考被分發到台北市五省中聯合分部的省立武陵中學。

1960 初一的時候閱讀中譯本梵谷傳（重光文藝出版社出版，余光中翻譯）深受感動，心儀嚮往成為畫家。梵谷傳奇性的一生，熱情的人道主義精神及對藝術的執著給他很多啟發。至今梵谷仍是他心目中的偶像之一。

1961 初次購買畫架畫袋，模仿印象派畫家，經常外出寫生，耽溺於水彩畫。

1964 插班考進台北市省立建國中學就讀高中。高中時期經常到中央圖書館與美國新聞處圖書館借美術書籍研讀，同時也喜歡課外的讀物，常到牯嶺街舊書攤買書，對文學、心理學及存在主義的著作特別有興趣。

1965 建中畢業，選擇了藝術為志願，對以升學名校著稱的 這所高中來說，確實是異端。父親不贊成母親倒未反對。進國立台灣藝專美術科，就讀西畫組（即今改制為國立台灣藝術大學），在校時期受教於李梅樹、廖繼春、楊三郎、洪瑞麟、李澤藩等諸名師。

1966 研讀西洋近代、現代美術史及當代畫家畫集。喜愛電影、文學、古典音樂、畫風從寫實主義經後期印象派，逐漸傾向超現實主義及表現主義。對北歐表現主義畫家孟克（EDWARD MUNCH）甚為傾迷。

1968 畢業於國立藝專美術科西畫組，旋入軍中服預備軍官役，畢業展時期畫風沉鬱、陰冷。受悲觀哲學的影響頗深。

1969 服役於外島的馬祖南竿。服役期間並應聘任教於福建省立馬祖中學為美術教師。空餘時間大量閱讀文學、哲學、心理學及美術之書籍，並寫了許多讀書札記及日記，是很寶貴的自我淬鍊與反思的經驗。夏天退伍。

1970 返鄉 任美術教師於中壢新明國中，作了系列的以馬祖漁村生活有關題材的畫，並且開始嘗試一些新的繪畫技法，如轉印、貼裱等。人文主義氣息很濃，主題內容多半圍繞在「人」這個存在的探討。

1971 於台北市國立藝術館舉行首次個展，作品風格可概括為新具象的表現主義，追求強韌的畫面肌理及悲劇性氣氛。與張瑞容小姐結婚。訂閱日本、英國、美國的美術雜誌，對國際藝壇動態極為關注。

1972 積極參與台灣的畫壇活動，參加了八次的國內外聯展。研修現代主義的美術運動，對現代繪畫及其理論特別用心。也很感興趣於英國畫家法蘭西斯培根（FRANCIS BACON）的繪畫。

1973 於台北市省立博物館舉行第二次個展。作品風格逐漸趨明朗柔雅，溶入抽象性的變型，暗示性的慾望與愉悅，但基調上仍是虛無的有「色即是空」「空即是色」的意味。此展頗受矚目，展完又移至國父紀念館展出。

1974 舉行第四次個展於台北美國新聞處，色彩愈趨明艷。從中壢移居台北市，住在永和。辭去教職，任職於遠東企業之廣告公司，為遠東人雜誌的美術指導。以上班收入來支持創作。

廿七、八歲時的藝術青年

學生時期的素描習作

國立藝專美術科第四屆西畫組同學與廖繼春老師合照

1971年在藝術教育館首次個展

1973年在省立博物館個展

1975	開始製作絹印版畫，風格帶有普普藝術的傾向。版畫作品入選邁阿密國際版畫雙年展。任職於華美建設公司爲美術設計師。對出版事業很有興趣，登記成立了巨匠出版社，只出了一本書；「夏玲玲攝影集」。也可能是台灣最早的明星寫眞集。

1976	赴日本、美國旅行。在紐約停留了三個月。第一次接觸西洋美術的原作。飽覽紐約的美術館及畫廊。並入普拉特版畫中心研習石版、銅版畫的製作。認識了在紐約生活與工作的中國藝術家們。自美返台後，決定到紐約去創作，所以身兼數差，想積蓄一些留美的生活費用。同年，版畫作品獲全省美展金牌獎。

1977	熱衷於攝影，曾一度爲獨立自由之設計、攝影家。平面設計作品有海報、唱片封套及書籍封面。在設計界頗受歡迎。加入台北藝術家畫廊爲會員。個展於台北龍門畫廊。

1978	六月與陳庭詩、李錫奇、李朝宗等赴東南亞旅行及展覽。訪香港、菲律賓、泰國、馬來西亞，新加坡等地。爲藝術家雜誌寫「攝影訪問」的專欄。受聘爲國立藝專美術科講師；並兼職中國時報，爲副刊及工商時報藝術指導及時報週刊藝術顧問。作品一幅爲新加坡國家美術館收藏。

1979	於阿波羅畫廊舉辦出國前畫展。提出「複製時代的美學」之創作理念，對現代都市生活的重複性之反諷。移居美國，經日本東京，滯留了近一個月才到紐約。住在紐約皇后區的傑克森高地（JACKSON HEIGHTS）。做了一系列的紙上作品，並開始製作尺幅較大的作品。當時的紐約畫壇正值醞釀著新意象繪畫的運動，平面繪畫再次復興，大西洋兩岸都雲湧新繪畫的思潮，從事平面繪畫的楊熾宏躬逢其盛。

1980	爲了居留的身份及生活的問題，在EXPEDI印刷公司兼職，做美術設計並編排美洲《新土》雜誌。暫時先上夜班來維持長期創作的能源。經常看畫廊，保持對新藝術資訊的敏感。

1981	參加「五位東方藝術家」聯展於新澤西州柏根郡美術館。辭去兼職，於紐約市十七街「聯合廣場」附近租賃畫室勤奮作畫。並開始撰寫藝術報導及評介的文章，發表於紐約＜中報＞及台灣的＜藝術家雜誌＞，後來結集出書＜現代美術新潮＞。（藝術家雜誌社出版）給當時以中文爲母語的讀者，以及想了解西方最新藝術資訊的藝術工作者提供了一個有用的參考。也被當時新資訊較缺乏的中國大陸藝術工作者列爲內部參考資料。申請居留的證件被移民局遺失，移民局發出遞解出境通知，心情受打擊很大，請律師上訴繼續辦理申請案。

1982	六月，作品於叟后區的蘇珊考德威爾畫廊展出，爲首次在紐約的作品發表。九月，又於叟后視覺藝術中心展覽，紐約的＜每日新聞＞（DAILY NEWS）有採訪報導。該中心負責人拉利歐綴屆也爲楊識宏引介了幾位重要收藏家，這是他的作品爲西方收藏界認同的開始。.

1983	畫室由17街遷至揣貝卡（TRIBECA）區的赫德遜街111號。與謝德慶分租一個空間，畫室樓下爲狄斯可舞廳，經常在震耳欲聾的吵雜樂聲中作畫至清晨。麥寇沃斯（MICHAEL WALLS）看上他的畫，推薦他位於紐約57街的西葛畫廊聯展。此展獲＜藝術＞雜誌（ARTS MAGAZINE）的好評。

1984	成爲西葛現代畫廊（SIEGEL CONTEMPORARY）專屬畫家。並於紐約市亞洲藝術中心舉行在紐約的首次個展，由紐約州政府補助下出版第一本畫集＜紙上作品＞，著名評論家姚約翰（JOHN YAU）寫序。獲得P.S1.美國「國家工作室計劃」之獎助，獲得提供畫室於「鐘塔」（CLOCKTOWER）二年，是取得這項榮譽的第一位中國藝術家。作品參加芝加哥國際藝術博覽會。同年，終於取得美國永久居留權。出國五年後，首度返國於台北新象藝術中心個展，之後並移至高雄市中正文化中心展出。

1985	於露絲西葛畫廊舉辦在紐約的第二次個展。作品傾向新表現主義，但具東方色彩和象徵主義、浪漫主義的性格，紐約的＜藝術論壇＞（ART FORUM）給予好評。又應邀至麻州大學畫廊個展。

<table>
<tr><td>1986</td><td>住家及畫室由皇后區搬到曼哈頓區的布龍街（BROOME STREET）。赴中國大陸西北地區旅行，到烏魯木齊、吐魯蕃、敦煌、喀什、西安、蘭州、北京等地，考察古代絲路及其藝術文物。對敦煌壁畫、西安的碑林及霍去病墓的石雕印象尤其深刻。赴英國倫敦的費賓卡森畫廊舉行在歐洲的第一次個展，並參觀大英博物館，特別喜歡一些古代的兵器、工具等。還參觀了世界著名的當代藝術收藏「薩奇收藏」。</td></tr>
</table>

1986 住家及畫室由皇后區搬到曼哈頓區的布龍街（BROOME STREET）。赴中國大陸西北地區旅行，到烏魯木齊、吐魯蕃、敦煌、喀什、西安、蘭州、北京等地，考察古代絲路及其藝術文物。對敦煌壁畫、西安的碑林及霍去病墓的石雕印象尤其深刻。赴英國倫敦的費賓卡森畫廊舉行在歐洲的第一次個展，並參觀大英博物館，特別喜歡一些古代的兵器、工具等。還參觀了世界著名的當代藝術收藏「薩奇收藏」。

1987 回台於高雄市社教館舉辦個展，由蘇南成市長剪綵，發生畫作遺失事件。赴中美洲哥斯達黎加國家美術館畫廊個展，是作品首次在中美洲發表，期間並遊覽熱帶原始森林，自然界的生命力量給予他極多創作的養份。在紐約麥寇沃斯畫廊舉辦個展，並為其專屬畫家，同時亦在芝加哥的貝西露森菲爾德畫廊個展。美術著作《現代美術新潮》在台北出版。現已售罄絕版。

楊識宏與夏陽(左)、蕭勤(右)於紐文中心合影

1988 首次赴歐洲大陸旅行，訪巴黎、尼斯、威尼斯、羅馬等城市。於紐約《中報》發表第一篇短篇小說《刷牙狂》。父親因糖尿病過世。

1989 於麥寇沃斯畫廊個展。獲紐約州州長頒發傑出亞裔藝術家獎。

1990 畫風開始轉變，以植物、化石、骨骸、貝類為主要圖象語彙，作半抽象的表現。在香港、台北、紐約等地共舉行了四次個展。作了許多紙上作品。

1991 於加拿大多倫多、台北、紐約等地個展。應邀為當時亞洲最高層建築的香港中環廣場大廈製作三幅巨型畫作。參加「台北—紐約：現代藝術的遇合」展出於台北市立美術館。作品「有羊頭的山水」、「渲染的心情」兩幅為台北市立美術館收藏。

楊識宏、姚慶章(左一)、白南準(左二)於紐約布龍街畫室合影

1992 赴法國、瑞士、荷蘭、德國旅行，並參觀在卡塞爾舉行的「文件大展」。新設畫室於紐約曼哈頓區的克勞斯比街(CROSBY STREET)。應邀赴北京中央美院作學術講座。作品「自然循環的神話」「崩」「火鶴的狂想」等三件為台中省立美術館收藏(今改名國美館)

1993 於麥寇沃斯畫廊的新址：曼哈頓區烏斯特街(WOOSTER STREET)156號，舉辦在紐約市14年來的第七次個展

1994 於紐約57街的利特瓊史多瑙畫廊舉辦個展，《美國藝術》(ART IN AMERICA)雜誌著名藝評家大衛艾伯尼給予佳評。在紐約上州的德徹斯郡設畫室，鄉居田園生活，使他更接近大自然，畫風亦受影響。同年，與台灣現代畫家聯展於泰國國家美術館，並順道遊覽中國昆明。

1995 為紐約57街的歐哈拉畫廊(O'HARA)專屬畫家。應邀為加州所諾瑪酒區的班晶格酒廠製作「美國藝術家圖象系列」的葡萄酒瓶標籤，參予的藝術家還有索拉維、南西葛瑞芙斯、泰利溫特斯等諸名家。

1989年紐約州州長頒傑出亞裔藝術家獎

1996 在歐哈拉畫廊個展，畫集由美國著名藝評家當諾卡斯畢作序。日本著名的《日經藝術》雜誌給予好評。同年，於北京國際藝苑美術館舉辦個展，這是楊識宏的作品首次在中國大陸展出。

1997 同時在紐約的歐哈拉與台北的印象畫廊個展。在紐約畫室接受訪問，內容收錄於日本比尼斯(BENESSE)公司製作發行之錄影帶一《現代美術與美國》。在紐約上州的鄉間山路發生車禍，車子翻了四翻，全家三人在車上，幸好無恙。大難不死，必有後福焉？對生命死亡的看法有極大的轉變。

1998 繪畫風格又開始逐漸轉變，色彩變得更加素雅，造形更為抽象。作品呈現單純、內斂、空靈的氣象。作品「季節雨」、「花神殿」兩幅為高雄市立美術館收藏。

1999 於高雄山美術館個展「楊識宏紐約廿年—火與冰的軌跡」，為其旅美二十年的創作歷程抽樣展出。

1991年應邀為當時亞洲最高建築的香港中環廣場大廈製作巨畫

2000 於桃園縣立文化中心個展，展出二十年來的紙上作品八十七件，是最多件數的紙上作品回溯展。於台中臻品畫廊發表新作展。

2001 在台灣文化建設基金委員會之資助下，受聘為國立台灣藝術學院駐校藝術家：客座教席半年。是楊識宏出國二十二年以來第一次回國長住。三月至六月間，在聯合報文化版寫專欄「回歸線上」，每週發表一篇有關文化觀察的文章。應邀參加紐約石溪大學主辦的「15位亞裔美國藝術家」展覽。七月，首次訪上海，參加台北現代畫展於上海美術館。九月十一日，親身經歷最恐怖的恐怖份子攻擊紐約世貿大樓事件，受極大震撼，月餘無法提筆創作。

2002 首次訪廣州，參加「大象無形」當代華人抽象藝術展於廣東美術館。台灣"大趨勢"藝術雜誌出版楊識宏專輯。應邀參加"自然的氣勢"展覽，於美國內華達的拉斯維加斯美術館。首次訪賭城。

2003 赴倫敦、巴黎旅行。參觀泰德美術館新館於倫敦；造訪梵谷之墓於巴黎郊外的奧維爾(AUVERS SUR OISE)。於漢城世宗美術館個展，因逢SARS傳染病正流行，未克親自出席開幕式。應邀參展"韓國世界書藝雙年展"於全州。首次訪漢城。

2004 一月赴巴黎，應邀參加「比較沙龍」展覽，於E'space Auteuil。世界筆會，台灣分會《中文筆雜誌》(The Chinese Pen)，春季號，專輯介紹楊識宏的藝術與畫作。六月，楊識宏攝影，撰文的《台灣文化人攝影紀事》於台北藝術家出版社出版。七月十八日孫女楊瓊維出生，初為祖父，欣喜異常。策展"板塊位移"－六位台灣當代藝術家展，於紐約曼后區的"456畫廊"及"林肯中心柯克畫廊"。九月"象由心生－楊識宏作品展"於國立歷史博物館。

1992年設畫室於紐約曼后區克勞斯比街

1992年攝於克勞斯比街畫室

1993年在Micheal Walls 畫廊個展

1993年Micheal Walls 畫廊聯展，與參展藝術家合影(後排左一)

1995年與趙無極先生晤面於巴黎趙氏畫室

2001年個展與廖德政老師合影

2002年廣東美術館「大象無形」抽象畫展開幕
左起：劉中行、朱為白、鄭凱、李錫奇、楊識宏、吳衡鳴

2003年參加韓國世界書藝雙年展，與各國藝術家合影

造訪梵谷之墓於巴黎郊外

楊識宏畫歷

個展

1971	國立臺灣藝術教育館 / 台北
1973	省立博物館 / 台北
	國父紀念館 / 台北
1974	美國新聞處 / 台北
1976	龍門畫家 / 台北
1977	藝術家畫廊 / 台北
1978	阿波羅畫廊 / 台北
1984	亞洲藝術中心 / 紐約
	陶步畫廊 / 費城
	新象藝術中心 / 台北
	高雄中正文化中心 / 高雄
1985	露絲西葛畫廊 / 紐約
	麻州大學畫廊 / 麻州、恩赫斯特
1986	費賓卡森畫廊 / 倫敦
1987	高雄市社教館 / 高雄
	哥國國家美術館 / 哥國聖荷西
	麥可沃斯畫廊 / 紐約
	貝西露森菲爾德畫廊 / 芝加哥
1988	托馬蘇羅畫廊 / 新澤西
	龍門畫廊 / 台北
1989	麥可沃斯畫廊 / 紐約
1990	藝倡畫廊 / 香港
	龍門畫廊 / 台北
	三原色藝術中心 / 台北
	456 畫廊 / 紐約
1991	麥可沃斯畫廊 / 紐約
	長城畫廊 / 多倫多
	台北時代畫廊 / 台北
1992	默色畫廊 / 紐約上州
	台北時代畫廊 / 台北
1993	麥可沃斯畫廊 / 紐約
	台北時代畫廊 / 台北
1994	利特瓊史多納畫廊 / 紐約
1995	高雄琢璞藝術中心 / 高雄
1996	歐哈拉畫廊 / 紐約
	約克學院畫廊、紐約市立大學 / 紐約
	北京國際藝苑美術館 / 北京
1997	印象畫廊/台北 歐哈拉畫廊/紐約
1999	楊識宏紐約 20 年，山美術館/高雄
2000	楊識宏新作展，臻品藝術中心 / 台中
	楊識宏紙上作品展，桃園縣立文化中心 / 桃園
	亞洲藝術中心 / 台北
2001	亞洲藝術中心 / 台北
2003	世宗美術館 / 漢城
	亞洲藝術中心 / 台北
2004	國立歷史博物館/台北

聯展

1968	中國青年現代畫展/台北美國新聞處
1970-73	全省美展、台北市美展、台陽美展、
	全國書畫展、全國美展
1973	第二屆當代名家畫展/國立歷史博物館
	第五屆台北市美展第二名
	亞細亞美展/日本上野の森美術館
	中華民國現代藝術展/法國巴黎
	中國現代詩畫獎/國立歷史博物館
1974	全省美展優選獎/省立博物館
	第三屆當代名家畫展/國立歷史博物館
	第十屆亞細亞現代美展/日本上野の森美術館
	第七屆全國美展邀請展/國立歷史博物館
	第六屆台北市美展佳作獎/省立博物館
1975	第四屆當代名家畫展/國立歷史博物館
	第二屆邁阿密國際版畫雙年展
	第三十八屆台陽美展版畫金牌獎
	現代繪畫七十五大展/台北美國新聞處
	第一屆全國油畫大展/國立歷史博物館
	中華民國當代畫展/漢城國立現代美術館
	第十一屆亞細亞現代美展/日本上野の森美術館
1976	中華民國現代版畫展/紐約聖若望大學
	中日現代美展/國立歷史博物館
	全省美展版畫金牌獎/省立博物館
	第五屆當代美展/國立歷史博物館
	中國現代藝術展/芝加哥
	中外當代版畫聯展/省立博物館
1977	第五屆全國版畫展/台中
	香港版畫學會年展/香港
	亞細亞現代美展/東京
	中韓現代版畫展/漢城
	中華現代繪畫十人展/東京都美術展
	第三屆邁阿密國際版畫雙年展
	中國現代畫家聯展/台北阿波羅畫廊
1978	台灣當代九人展/香港藝術中心及德國漢堡
	現代版畫四人展/馬尼拉、新加坡
	第十屆亞細亞現代美展/東京
	國際版畫交流展/漢城國立現代美術館
	當代台灣美展/俄勒岡州林菲爾德學院
1979	第一接觸油畫特展/台北版畫家畫廊
	當代畫家邀請展/台北國軍文藝活動中心
	中美現代版畫交換展/美國聖塔菲
	第六屆英國國際版畫雙年展
1980	第四屆邁阿密國際版畫雙年展
	當代中國藝術展/舊金山塔畫廊
1981	五位東方藝術家/紐澤西州柏根郡美術館
	世界素描展/英國柏靈翰畫廊

1982	當代中國藝術展/義大利馬皆拉塔市立美術館
	中國現代版畫展/紐約聖若望大學
	邀請展/紐約蘇珊考德威爾畫廊
	四位藝術家/紐約叟侯視覺藝術家中心
	東方與西方/紐約州雷維因藝術中心
1983	奧綴奇現代美術館/康涅狄克州
	英國國際素描雙年展
	紐約抉擇美術館
	中國海外藝術家作品展/台北市立美術館
	費城陶步畫廊
	主題（Rambunctious）/紐約西葛現代畫廊
1984	國際藝術博覽會/芝加哥
	三位紐約藝術家/紐澤西湯森公園文化中心
	八位形象畫家聯展/紐約西葛現代畫廊
	主題（Salvo）/紐約露絲西葛畫廊
	現代藝術聯展/紐約泰德古林渥畫廊
1984-85	異國情調/紐約史蒂芬露森堡畫廊
	雄獅美術雙年展/台北雄獅畫廊
1985	七十與八十年代的藝術/奧綴奇美術館
	大的具象素描/佛吉尼亞美術館
	國家與國際工作室計劃藝術家聯展/紐約鐘塔畫廊
	過剩/紐約出口藝術畫廊
	四位紐約藝術家/舊金山賈涅特史坦恩堡畫廊
	收成/紐約露絲西葛畫廊
1985-86	威斯康辛州渥西克需/派恩藝術中心
1986	評選年展/紐約皇后區美術館
	聯展/瑞典穆斯泰德班畫展
	紐約美術家十一人作品展/廣州市廣東省畫院
	正方及其他/紐約露絲西葛畫廊
	十位藝術家/國際現代藝術展覽會/洛杉磯
1986-87	新作‧紐約/海蘭德爾畫廊/佛羅里達‧棕櫚灘
1987	國際藝術展覽會/芝加哥（貝西露森菲爾德畫廊）
	預展，再展/紐約露絲西葛畫廊
	新空間，新作品/佛羅里達海蘭德爾畫廊
	麥可沃斯畫廊/紐約
1988	尼娜佛洛依登海姆畫廊/巴法羅
	紐澤西州柏根郡藝術與科學博物館
	紐約皇后美術館
	康州耶魯大學畫廊
	紐約麥可沃斯畫廊
1989	赫德遜海斯丁畫廊
	紐約麥可沃斯畫廊
	紐約市立大學艾隆戴維斯畫廊
1990	威思康辛大學畫廊
1991	台北/紐約：現代藝術的遇合/台北市立美術館
	美國日本中國素描展/紐約林肯中心畫廊
	西武現代畫廊/東京
1992	國際藝術博覽會/芝加哥（麥可沃斯畫廊）

1993	親密的宇宙/麥可沃斯畫廊（紐約）
	當代美國紙上作品展/克蘭納美術館。伊利諾
	尼娜佛洛依登海姆畫廊/巴法羅
	柏根郡美術館/紐澤西
1994	克勞斯比街畫廊/紐約
	辛西亞麥卡利斯特畫廊/紐約
	新加坡國際藝術博覽會/新加坡
	泰國國家畫廊/曼谷
	AHI 畫廊/紐約
1995	歐哈拉畫廊/紐約
	旅美華裔畫家作品展，交易廣場/香港
1996	萊珊塔布斯畫廊/長島。紐約
	上海美術館/上海
1997	親密的宇宙（續展），七十位美國畫家，
	羅勃史蒂爾畫廊/紐約
	截取的思想，加利福尼亞美術館/聖塔羅沙，加州
	自然的氣勢，台北畫廊/紐約
	萊珊塔布斯畫廊/長島。紐約
1998	亞洲的美學/塔卡拉畫廊/休士頓，德州
	臻品畫廊/台中
1999	光之追尋/赫德遜畫廊/厄汶頓，紐約
	複數元的視野。北京中國美術館。北京
	高雄山美術館/高雄
2001	十五位亞裔美國藝術家/石溪大學，紐約
	自然的氣勢，高雄市立美術館/高雄
	台北現代畫展。上海美術館/上海
	熱帶雨林。當代國際繪畫展/台北藝廊，紐約
2002	自然的氣勢，拉斯維加斯美術館/拉斯維加斯
	大象無形，當代華人抽象藝術展，廣東美術館/廣州
	大象無形，當代華人抽象藝術展，何香凝美術館/深圳
2003	內在視野，456 畫廊/紐約
	內在視野，柯克畫廊/林肯中心，紐約
	世界書藝雙年展，全羅北道藝術中心/韓國
	台灣美術戰後五十年作品展，長流美術館/南崁，台灣
2004	比較沙龍/巴黎

中文報導評介文獻

1971 祝祥 〝楊熾宏油畫展，首次個展五十幅情感奔放之作〞，台灣新生報1971年1月3日。

奚淞 〝楊熾宏油畫首次油畫個展〞，美術雜誌1971年2月（P 31）。

1973 賴傳鑑 〝大膽新穎的自我世界—介紹楊熾宏的畫〞，美術雜誌1973年1月（P 5—6）。

1975 曾培堯 〝探索人性的青年畫家—楊熾宏〞，台灣新聞報1975年1月5日。

顧獻樑 〝現代畫家楊熾宏—盼望他更遠大的明天〞，明日世界第九期1975年（P 26）。

1977 奚淞 「複製」觀念的連作—楊熾宏談自己的畫〞，藝術家雜誌1977年。

1978 心岱 〝畫家的底片—訪楊熾宏〞《一把風采》—當代藝術家訪問錄（P 131—P 143）

談錫永 〝楊熾宏—淑世情忟的版畫家〞，香港信報財經新聞1978年1月4日

陳小凌 〝楊熾宏畫展〞，民生報1978年11月8日。

林馨琴 〝楊熾宏綜合了多樣畫材，物與我刻劃出現代人生〞，中國時報1978年11月16日。

1979 商禽 〝複製時代的質詢與答案〞，民族晚報1979年4月23日。

杜若洲 〝論楊熾宏的畫〞，民生報1979年4月24日。

1981 陳長華 〝楊熾宏的畫室〞，聯合報1981年7月19日。

1982 梁小良 〝東風漸綠紐約岸—蛻變中的楊熾宏繪畫〞，美洲中國時報1982年9月9日。

1984 鄭寶娟 〝賭資雄厚，扶搖直上—楊熾宏崛起紐約畫壇〞，中國時報1984年4月20日。

陳長華 〝楊熾宏開創一片藝術的天空〞，聯合報1984年7月8日。

鄭寶娟 〝紐約·藝術·我自己—楊熾宏成名海外畫壇經驗談〞，中國時報1984年7月16日。

陳長華 〝狂飆下的東方表現主義—楊熾宏的藝術天空〞，紐約世界日報世界周刊1984年7月21日。

陳怡眞 〝畫布下藏火把〞，時報周刊1984年7月22日。

林清玄 〝楊熾宏的雪中之火〞，時報雜誌1984年7月25日（P 36—P 38）。

郭少宗 〝楊熾宏究竟帶回來什麼？〞，台灣新生報1984年8月7日。

陳學玲 〝楊熾宏紐約磨劍五年藝事更上層樓〞，成功時報1984年8月21日。

雄獅美術編輯部 〝訪楊熾宏談留美作畫經過〞，雄獅美術1984年8月（P 94—P 102）。

吉果 〝豐繁而冷厲的楊熾宏〞，藝術家雜誌1984年8月（P 140—P 147）。

官麗嘉、蘇麗英 〝楊熾宏紐約歸來談「畫事」〞，光華雜誌1984年8月（P 106—P 111）。

劉晞儀 〝繪畫的新表現與我—楊熾宏自述〞，藝術家雜誌1984年8月（P 148—P 153）。

郭少宗 〝他是「新表現主義」畫家—與楊熾宏一席談〞，台灣新聞報1984年8月19日。

侯素香 〝藝術奧運奔騰大黑馬〞，中國晚報1984年8月25日第三版。

陳怡眞 〝在美國畫壇闖出一片天地的楊熾宏〞，中國時報1984年9月22日。

1985 廖修平 〝現實文明的原始神話—楊熾宏的新表現藝術〞，雄獅美術1985年1月（P 49—P 51）。

西寧 〝在美國崛起的華裔畫家—楊熾宏〞，香港中報月刊1985年8月（P 72—P 73）。

1987 黃寶萍 〝楊熾宏回國畫展〞，民生報1987年1月6日。

黃志全 〝孤獨、幽默、神祕，楊熾宏帶回20多幅新畫作〞，時報周刊1987年1月11日。

涂英明 〝澎湃的激情—楊熾宏的繪畫世界〞，藝術家雜誌 1987年2月（P 82-P 87）。

李復興 〝存在的語言—訪楊熾宏〞，雄獅美術1987年2月（P 90—P 93）。

林樂群 〝楊熾宏個展藝術的饗宴〞，紐約世界日報1987年10月7日。

1988 洪銘水 譯 〝楊熾宏的畫作〞，藝術家雜誌1988年10月（P 166—P167）。

黃寶萍 〝楊熾宏的細膩表現美麗的哀愁〞，民生報1988年10月9日。

董雲霞 〝時而冷冽，時而沸騰—楊熾宏讓生命與死亡並陳於畫布上〞，中國時報1988年10月14日。

陳長華 〝深入美域，化爲天成—楊熾宏把持藝術尊嚴畫出自我〞，聯合報1988年10月16日。

1989 黃寶蓮 〝熱愛生命的畫家—楊熾宏〞，紐約世界日報世界周刊1989年1月1日（P 24—P 26）。

張金催 〝楊熾宏畫展氣勢如虹，畫風受現代畫壇主流肯定〞，紐約亞美時報1989年14月17日—23日。

張心龍 〝探討生命的眞義—談楊熾宏的繪畫〞，美洲大地雜誌1989年5月1日（P 8—P 10）。

1990 李錦萍 〝楊熾宏—用西方的畫法表現東方的藝術特色〞，君子雜誌1990年3月（P 33—P39）。

楊秀霞 〝楊熾宏的悲壯美〞，中國男人1990年5月（P 165）。

李錦萍 〝楊熾宏的畫與人生〞，紐約星島日報1990年6月21日。

徐子雄 〝楊熾宏近作—異質混合的藝術〞，香港，1990。

劉健威 〝楊熾宏的生與死〞，香港雜誌，1990。

1991 秦松 〝根鬚等待收存一切—題楊熾宏畫展〞，香港明報月刊，1991年4月，（P63，P73—P75）。

古月 〝爲生命的定義取景—寫楊熾宏的畫〞，中央日報1991年11月5日。

陳長華 〝楊熾宏應邀繪製三巨幅畫作〞，聯合報1991年10月21日。

1992 張榮凱 〝塗寫生命興衰的容顏—楊熾宏在紐約創出一片天地〞，大同雜誌1992年2月（P78—P83）。

1993 王哲雄 〝吟詠生命榮枯的詩人畫家〞，聯合文學1993年12月號第110期（P96—97）。

1994 張心龍 〝一顆種籽的啓示〞—談楊熾宏的植物美學，明報月刊6月號1994年（P68—69）。

馬成蘭 〝楊識宏紐約畫室巡禮，中國畫家的美國奇蹟〞，時報周刊1994年（832期）（P 181—P 182）。

1995 簡 丹 〝楊識宏展作，訴說對時間、自然與生命的感懷〞，自立早報1995年4月30日。

許碧純 〝楊識宏，一顆種子，一場生死榮枯的對話〞，新觀念雜誌1995年6月號。

陳水財 〝生命情境的吟詠—談楊識宏的畫境〞 藝術家雜誌，1995年4月號。

1996 林銓居 〝種子的頌歌〞，楊識宏在異鄉深根茁壯，典藏藝術雜誌，1996年2月號。

陳英德 〝楊識宏的繪畫—東方畫境的表現〞，炎黃藝術，1996年10月號第81期，（P92—97），及展覽畫冊。

1997 黃才郎 〝浪漫抒情的原生植物園〞，山藝術雜誌。

高千惠 〝屬於東方草本的光華〞—析解楊識宏唯心主義的藝術之旅，印象畫廊展覽圖錄。

邱麗文 〝因爲，對地心引力的溫柔反叛，楊識宏〞 新觀念雜誌1997年11月號（P78—81）。

1999 江衍疇 〝穿門出荒原，臨水照花影〞，典藏雜誌1999年6月號，及畫展圖錄（山美術館）。

張心龍 〝東實西華化作世紀末的霞暉〞—析解楊識宏的二十年創作歷程。山美術館畫展圖錄。

余珊珊 〝出入意識之牆的兩面〞，新朝藝術1999年5月號，No.8（P68—72）。

2001 廖仁義 〝從知己到未知的風景探險〞，楊識宏的繪畫世界。亞洲藝術中心展覽圖錄。

林玫君 〝畫中隱士，楊識宏〞，哈潑時尙（BAZAAR）國際中文版2001年8月號No.140（P184—185）。

吳桃源 〝自然—點燃楊識宏內在生命的火焰〞 管理雜誌2001年10月號（P130—132）。

國家圖書館出版品預行編目資料

象由心生：楊識宏作品展 = The images of
the mind:Chihung Yang's painting / 楊
識宏作 -- 臺北市：史博館，民93
面；　公分

ISBN 957-01-8213-X（平裝）

1. 繪畫 - 西洋 - 作品集

947.5　　　　　　　　93016153

象由心生—楊識宏作品展

The Images of the Mind: Chihung Yang's Painting

發 行 人　黃永川
出 版 者　國立歷史博物館
　　　　　臺北市南海路四十九號
　　　　　電話：02-23610270
　　　　　傳眞：02-23610171
　　　　　網址：http://www.nmh.gov.tw
作 　 者　楊識宏
編 　 輯　國立歷史博物館編輯委員會
主 　 編　戈思明
執行編務　鄒力耕
英文翻譯　周妙齡
英文審稿　Mark Rawson
美術設計　楊識宏
美術助理　葉貽琛（藝言）
展場設計　郭長江
作品攝影　Claus Mroczynski
　　　　　Earl Ripling
　　　　　Ellen Page Wilson
　　　　　Ken Showell
　　　　　Sarah S. Lewis
印 　 刷　四海電子彩色製版股份有限公司
出版日期　中華民國九十三年九月
定 　 價　新台幣600元
展 售 處　國立歷史博物館文化服務處
　　　　　地址：臺北市南海路49號
　　　　　電話：02-23610270
統一編號　1009302833
I S B N　957-01-8213-X　（平裝）

版權所有　翻版必究